人民共和國文化與文學叢書

八 編

李 怡 主編

第 12 冊

黑旗袍：中國電影的文化邏輯與市場機制
——2000 年以來的文本實證（下）

袁 慶 豐 著

花木蘭文化事業有限公司

國家圖書館出版品預行編目資料

黑旗袍：中國電影的文化邏輯與市場機制——2000年以來的
文本實證（下）／袁慶豐 著 -- 初版 -- 新北市：花木蘭文化
事業有限公司，2020〔民109〕
目 2+162 面；19×26 公分
（人民共和國文化與文學叢書 八編；第12冊）
ISBN 978-986-518-220-5（精裝）
1. 中國文化　2. 文化研究　3. 電影
820.8　　　　　　　　　　　　　　　　109010905

特邀編委（以姓氏筆畫為序）：

吳義勤　孟繁華　張　檸
張志忠　張清華　陳思和
陳曉明　程光煒　劉福春
（臺灣）宋如珊
（日本）岩佐昌暲
（新西蘭）王一燕
（澳大利亞）鄭　怡

ISBN-978-986-518-220-5

9 789865 182205

人民共和國文化與文學叢書
八　編　第十二冊　　　　　　　ISBN：978-986-518-220-5

黑旗袍：中國電影的文化邏輯與市場機制
—— 2000 年以來的文本實證（下）

作　　者　袁慶豐
主　　編　李　怡
企　　劃　四川大學中國詩歌研究院
總 編 輯　杜潔祥
副總編輯　楊嘉樂
編　　輯　許郁翎、張雅淋　美術編輯　陳逸婷
印　　刷　普羅文化出版廣告事業
出　　版　花木蘭文化事業有限公司
發 行 人　高小娟
聯絡地址　235 新北市中和區中安街七二號十三樓
　　　　　電話：02-2923-1455 ／傳真：02-2923-1452
網　　址　http://www.huamulan.tw 信箱 hml810518@gmail.com
初　　版　2020 年 9 月
全書字數　325190 字
定　　價　八編 18 冊（精裝）台幣 55,000 元

黑旗袍：中國電影的文化邏輯與市場機制
——2000 年以來的文本實證（下）

袁慶豐 著

目

次

2011 年：《鋼的琴》
──新左翼與回歸真實

圖片說明：在中國大陸市場上公開銷售的《鋼的琴》DVD 碟片之封面、封底。

內容指要：

　　編導張猛雖然是 1970 年代生人，但影片對下崗即失業工人生活的題材選擇和批判性表達，卻具有第六代導演代表作品或曰新左翼電影的基本屬性。因為，反映真實

原本是文藝作品的基本功能之一，中國大陸電影只有到了第六代導演才全面修復完成這一功能。《鋼的琴》的主題思想和藝術表現形式，其實與所謂後現代和後工業時代無關，不過是中國早期電影中的左翼精神和第六代導演的反主流表述即新左翼特徵相互疊加的結果。

關鍵詞：題材；下崗／失業；第六代導演；左翼電影；新左翼電影；新市民電影；

專業鏈接 1：《鋼的琴》（故事片，彩色），2011 年出品；英文片名：The Piano in a Factory，（公映版）片長：107 分鐘〔註1〕，2011 年 7 月 15 日中國大陸公映[1]。

>>> **編劇、導演**：張猛；**攝影**：周書豪；**錄音**：李尚郁；**美術**：王碩、張毅；**剪輯**：盧允、高博；

>>> **主演**：王千源（飾陳桂林）、秦海璐（飾陳桂林女友淑嫻）、張申英（飾陳桂林前妻小菊）、王早來（飾演汪工程師）、羅二羊（飾季哥）。

專業鏈接 2：影片獲獎情況：

獲 2010 年第 23 屆東京國際電影節「最佳男演員獎」（王千源）；2011 年第三屆悉尼中國電影節「評委會特別推薦獎」，第 28 屆邁阿密國際電影節「最佳國際電影獎」，第 14 屆上海國際電影節傳媒大獎「最佳影片」、「最佳導演（張猛）」、「最佳男演員（王千源）」、「最佳女演員（秦海璐）」，第 14 屆電影華表獎優秀故事片獎（十部電影並列）、優秀新人導演獎，第 28 屆中國電

〔註 1〕 片頭字幕：完美世界(北京)影視文化有限公司、大連鴻緣影視傳媒有限公司、遼寧電影製片廠；《鋼的琴》(The Piano in a Factory)。出品人：池宇峰、曲建春、陳北京；製片人：崔光石、甘蕙茵；監製：郭在容、方平；主演：王千源、秦海璐、張申英；攝影：周書豪；美術：王碩、張毅；編劇／導演：張猛。

片尾字幕：張猛導演作品。演員表：陳桂林──王千源，淑嫻──秦海璐，小菊──張申英，小元──劉星禹，陳父──張惠志，王抗美──田雨，大劉──周奎，二姐──項燕，二姐夫──許江寧，胖頭──劉謙，汪工──王早來，季哥──羅二羊，快手──國永振，安昌業──張亞茜，培訓班老師──王玥。職員表：(略)。電影《鋼的琴》曾入圍第十二屆上海國際電影節 CFPC 單元。聯合發行：北京紫禁城三聯影視發行有限公司、北京憂朋普樂科技有限公司、完美世界(北京)影視文化有限公司；(中略)；電影底片加工：長春電影製片廠洗印分廠。(以上字幕錄入：劉慧姣)

影金雞獎評委會特別獎，第 48 屆臺灣電影金馬獎費西比國際影評人獎；2012 年愛奇藝「改變視界影像中國」年度最佳女演員獎（秦海璐）、第三屆「中國影協杯」優秀電影劇本[1]。

專業鏈接 3：影片鏡頭統計：

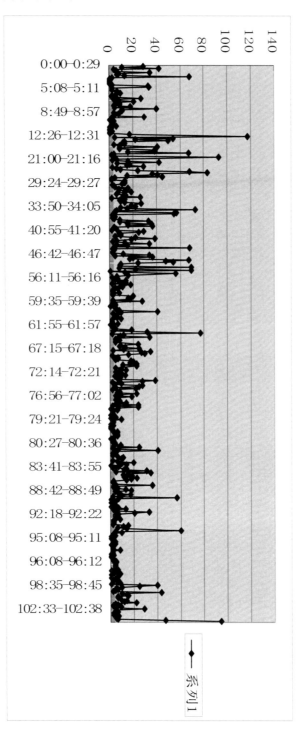

說明：全片時長107分鐘，共計517個鏡頭，（包括25個字幕鏡頭和黑屏）。其中，小於等於5秒的鏡頭208個，大於5秒、小於等於10秒的鏡頭118個，大於10秒、小於等於15秒的鏡頭48個，大於15秒、小於等於20秒的鏡頭28個，大於20秒、小於等於30秒的鏡頭34個，大於等於60秒的鏡頭12個；大於30秒的長鏡頭時長共計42分56秒，占總片長的42%。

（圖表製作與數據統計：劉慧姣、李梟雄）

專業鏈接4：影片經典臺詞

「離婚就是相互成全，你放我一馬，我放你一馬的事兒」——「離婚就是離婚，別扯那些沒用的。我同意！」

「家裏的彩電冰箱洗衣機你就看著搬吧」——「你是不把我當成收廢品的了？」

「這曲子聽著太痛苦了！」——「不是，俄羅斯送葬一般都吹這個，主題就是表現痛苦和悲傷啊！」——「那不行！那老人聽著這曲子步伐得多沉重啊？」——「是是是！」——「行行！知道了。那啥，叫老人加快步伐吧！」——「走那麼快去哪啊？」——「你管他去哪呢！」

「這是給您的護膚品」——「拿回去給你媳婦用吧！」——「她用不了了，她現在保養呵護都來不及了。不像你，年輕貌美」——「謝謝啊！」

「小菊回來了，要跟我離婚，我同意了。她跟的是個賣假藥的，挺幸福的。她終於過上了夢寐以求的不勞而獲的日子」。

「你要真離了，咱們哥倆就一樣了」——「咱們倆怎麼能一樣呢？咱們倆不一樣，我是離異，你是喪偶。對不對？」

「爸，這能彈嗎？」——「嗯？當然能彈啊，等幹了就能彈了」——「幹了也聽不見聲音啊！」——「爸爸不給你講過貝多芬大爺的事嗎？貝大爺他耳朵就背，他就聽不見」。

「看你這樣，過得挺好唄？」──「還行吧，比你強點兒不多」。

「我說你不吹牛能死啊？」

「這個有機會我得跟他聊一聊，你首先就得解放思想，你解放完思想才能解放自我！」──「對，以後有事啊你快一塊叫著他，你快把他解放了吧！」──「全面解放他！」

「咋啥都偷呢？」

「小元說了，誰給她買鋼琴她就跟誰」──「真是她媽生的！」

「那能倒牙的愛情都是忠貞不渝的」。

「你要是想叫這兩根煙囪不被炸，你就得叫人看到這不是兩根煙囪，這是兩根金條，對不對？你比如說啊汪工，你把這兩根煙囪改造成兩顆導彈戳在那，或者是改造成兩個長征一號火箭放在那兒。你哪怕弄成抽象的兩根筷子呢？那也是一個亮麗的風景線啊！你有價值，它就不能被炸！」

「你二嗎？」──「就你看我不二唄？」

「我這回做鋼琴呢是一個很大的工程。汪工畫圖紙完全參考的是俄國的文獻，季哥無償地提供場地和材料，對不對？淑嫻她已經完全放棄了她的歌唱事業。你就說王抗美那樣的，他也主動請纓要求做飯。為的是什麼？為的是小元能有一架鋼琴，能一輩子不離開我，他們這麼做讓我很激動，你知道麼？你以為沒有你們這幾塊料，我就弄不成這事是不？」

「你跟他說話要有品味，啥叫有品位的話啊？」──「不知道」──「忽悠他！」──「那我知道，我儘量」。

「這一把（鎖）算一塊錢，三十把就是三十塊錢，是吧？給打個八折，三八二十四。咱倆還是一個工廠的，四捨五入一下，二十塊錢你看咋樣？」

「我們有困難要上，沒困難，我們創造困難還要上！」

「風雨送春歸」──「大雪嘩嘩下」──「數九寒天來出嫁」──「愛情能把雪融化。看！新娘身披著潔白的婚紗」──「看！新郎衣著筆挺的西裝」──「他們伴隨著莊嚴而幸福的婚禮進行曲」──「手拉著手，肩並著肩，面帶笑容，心懷理想」──「踩著紅紅的地毯，大步地向我們走來！」

「她那個不負責任的爹呢？」——「你問啥玩意兒，跑了麼？是不跑了？」——「闖世界去了」——「又一個亡命天涯的」。

「什麼這個那個都是假的！就孩子是真的」——「你這個姥爺是真的？」——「這倒是個問題」。

專業鏈接 5：影片觀賞指數（個人推薦）：★★★★★☆

甲、前面的話

《鋼的琴》在中國大陸公映之時，正逢 2011 年暑期檔。8 月份，「在《變形金剛 3》、《哈利·波特 7（下）》雙重好萊塢大片夾擊下，《鋼的琴》在北京各大影院的排片不減反增」[2]，這部投資 500 萬的小成本電影[3]，收穫了 650 萬的票房[2]；作為對比，記者提醒說，當年「賈樟柯的《三峽好人》國內只有 400 萬票房，海外的票房則是國內的 10 倍」[2]。除了國內外的一系列獎項，評論界對《鋼的琴》也多有好評。

譬如，有人認為影片讓人們「看到了後社會主義時期的工人狀況」，因而整體上「有一種近乎荒誕的喜劇效果」[4]；這種論述基調，與「後現代的鄉愁」[5] 評論直接呼應；而影片開頭的葬禮，被認為象徵著「大工業時代，以及工人階級喪失了主人翁地位的一曲輓歌」[3]。還有人肯定影片「現實主義」風格的同時，稱讚其並沒有因此淪於「悲情」[6]。

　　許多評論者注意到了影片對「東北老工業區的城市意象」[7]的描述,以及作為「工人階級」[3]的現實存在[6];而對於影片的東北地域特徵,男主演不無自豪地稱之為「遼寧製造」[8]。至於影片的「底層敘事」風格[9],或「草根視角」下「直面當下」的品質[10],也得到好評。有一位評論者敏銳地將《鋼的琴》與 1930 年代的「中國早期經典電影」,如《十字街頭》、《馬路天使》等聯繫起來,稱讚其「原生態的人情世故,對底層民生的深切關注」和「幽默風趣的後現代表達」[11]。

　　上述意見各有創見、不乏真誠。但依我看,《鋼的琴》的優異表現,既與對早期中國電影優秀傳統的承接有關,也與 2000 年前後第六代導演追求生活和藝術真實的不懈努力相關。這是因為,中國大陸電影六十多年的主流電影製作,始終缺乏面對現實的勇氣。至於影片的藝術表現形式,其實與所謂後現代無關,實際上是延續了由第六代導演開創的新左翼電影路數。

圖片說明:不僅《鋼的琴》的主題具有充沛的象徵意義,許多畫面的處理也是如此。譬如,影片開始時夫妻倆的離婚談判場景,人物與身後的對象形狀的疊加效果,構成折斷翅膀的天使形象。

乙、時代背景:《鋼的琴》直面現實的題材選擇和憂憤深廣的主題思想

　　《鋼的琴》反映的是中國大陸老工業基地──東北三省下崗職工,也就是失業工人當下的生存處境。1949 年後的中國大陸,雖然失業情形一直存在

──事實上沒有哪個國家能夠完全消除這種情況──但為了彰顯社會制度的優越性，官方始終不允許出現和使用「失業」這個詞語。1970年代後期，中國大陸實施「改革開放」政策前後，則以「待業」指代失業，直至1980年代。[12]

1990年代，面對大規模的失業現象，中國大陸的官媒又稱之為「下崗」。「百度百科」指示說：「下崗職工問題最早出現於1990年代初期，當時還不叫下崗，有的地方叫『停薪留職』，有的地方叫『廠內待業』，有的叫『放長假』『兩不找』等等。90年代中後期，下崗職工問題作為一種社會經濟現象開始突顯」[13]。

圖片說明：中國大概只有新疆和東北地區，近百年來的工業建設甚至地域文化，與俄羅斯的工業模式和歷史文化有那麼錯綜複雜的交織關聯。影片用《三套車》帶入敘事，就是其中的一個例證。

而實際情況體現在失業人數上，就顯得更為嚴峻，「1998年至2000年，中國國有企業共發生下崗職工2137萬人。從地域分布看，下崗職工主要集中在老工業基地和經濟欠發達地區，東北三省占25%；從行業分布看，主要集中在煤炭、紡織、機械、軍工等困難行業」[13]。從1998年至2007年，「七年間，國企裁員累計近3000萬。裁掉60%的國企人員，這個速度在世界上都是少有的。『下崗職工』，一度成為社會中使用頻率最高的新詞語」[14]。

　　大規模、大範圍的失業人群，或者說高失業率的出現，從來都不是單純的經濟現象，而是不折不扣的社會問題。正因如此，近年來中國大陸官方的失業人數數據表達，常常被「失業率」替代：「1995 年～2006 年間，東北老工業基地的失業率呈現出整體上升的態勢，並且上升的幅度較大。1995 年其失業率還控制在 2.7%，但 2006（年）已達到了 5.4%，擴大了兩倍……除 1996 年和 1998 年這兩個年份外，其餘年份東北老工業基地的失業率都要遠高於國家水平……1996 年，下崗職工占職工總數最高的省份是遼寧省，為 14.2%，其次為黑龍江省占 13.8%，吉林省的下崗職工比例也高達 10.3%」[15]。

　　僅《鋼的琴》公映的 2011 年，官方公布的失業情況，就更只見「新增就業人數」而不見失業人數了。譬如人事與社會保障部稱：「2011 年，全國城鎮新增就業 1221 萬人，完成全年 900 萬人目標的 136%。城鎮失業人員再就業 553 萬人，完成全年 500 萬人目標的 111%。就業困難人員實現就業 180 萬人，完成全年 100 萬人目標的 180%。2011 年底，城鎮登記失業率為 4.1%」[16]。

　　國家統計局則宣布，2011 年，「年末全國就業人員 76420 萬人，其中城鎮就業人員 35914 萬人。全年城鎮新增就業 1221 萬人。年末城鎮登記失業率為 4.1%，與上年末持平」[17]。而地方政府的數據更是熱情洋溢：「2011 年，遼、吉、黑三省分別實現新增就業 105 萬人、55 萬人、61 萬人，城鎮登記失業率分別為 3.7%、3.7% 和 4.3%，均低於全年控制目標」[18]。

　　如果說，1949 年後的中國大陸民眾對於東北地區的工業布局的認知——譬如，東北是新中國的重工業基地——主要來自於多年來的政治宣傳和文藝作品的宣揚，那麼，東北以外的人們，對東北文化的認知，更多是來自中央電視臺一年一度的春節聯歡晚會上插科打諢的「二人轉」節目。弔詭的是，東北「二人轉」從此面向全國、迄今影響不衰的開始時間，恰恰是 1990 年。而在此之前，就東北地區對中國大陸的文化影響力而言，藝術作品尤其是電影中，「做好事不留名」的士兵雷鋒，以及「願為祖國獻石油」的工人王進喜，幾乎可以視為東北民眾存在和整體面貌的象徵，以至於有「東北人都是活雷鋒」的口頭語流傳一時〔註2〕。

　　但私下里人們多少都知道，1990 年代前後的國有企業改革，東北的下崗失業最為慘烈。由於社會體制的原因，往往是一家幾代同在一個工廠，但凡工廠倒閉，後果可想而知。這種「家國同構」[19] 的悲劇成因和現象，也只有到了《鋼的琴》這裡才得以展示。換言之，此前的中國大陸電影，對於東北民眾的日常生活表現，一直是整體性缺失；即使有所表現，也如同「春晚」上的「二人轉」，一派皆大歡喜場面。

　　我之所以選擇使用「題材」和「主題思想」這樣略顯陳舊的術語、概念來規範和討論《鋼的琴》，無非是想說明，近三十年的中國大陸電影，但凡是好電影，都會與真實地反映時代和社會面貌，尤其是普通民眾真實的生活狀態和審美訴求相關聯。

〔註 2〕就我家而言，我母親這一支是地道的東北人（齊齊哈爾—丹東），所以我自小對 1960 年以後的東北文化和歷史多少有些感性認知，但我看了《鋼的琴》以後還是被嚇著了。以前只聽說東北的下崗非常厲害，但大多是間接信息。1990 年代初期我在上海讀研究生，曾看到校報上的一篇小文章，一個去東北遊玩的同學寫的。說他寒冬臘月半夜三更在小巷裏閒逛，後面一直跟著一個黑影，當時他以為碰上了劫道的，結果那是賣冰棍的。前些日子網上有個笑話說，有人到東北喝酒，服務員問，要常溫的還是要冰凍的？顧客大怒，後來才知道，常溫的是零下 20 多度，冰凍的是零下 1 度。回想那篇小文章，可以想見，是什麼人、什麼情形下，還在零下幾十度的冬夜裏向遊人兜售冷凍製品。那是 1990 年，就是那年，東北的「二人轉」通過春節聯歡晚會，向大陸民眾傳達東北人民的「歡聲笑語」。

　　從整體上看，1980 年代中國大陸第五代導演的代表作品，依然是 1949 年後意識形態話語體系的慣性運行。譬如就歷史或曰戰爭題材而言，1980 年代的《黃土地》（1984）、《一個和八個》（1984）、《紅高粱》（1987）等，不過是以往官方強勢意識形態的另類補充。1990 年代，第五代作品的題材選擇開始貼近現實，譬如張藝謀導演的《秋菊打官司》（1992）、《活著》（1994）等，不無觸及時弊、歷史開掘深入的趨勢──這也是新左翼電影的繼續呈現。

　　但隨著《活著》被官方禁映，第五代導演繼續前行的腳步被人為阻斷。2000 年以後，中國大陸的大製作、大投入、大場面的所謂「大片時代」的到來，與此不無關聯，譬如《英雄》（2002，張藝謀，）、《無極》（2005，陳凱歌）。單就題材而言，無不以古代題材取代現實題材，主題思想更是不堪說起。至此，第五代導演的革命性僅僅侷限於視聽語言領域，題材和主題思想領域則依然停留於革新層次，沒能超越其 1980 年代的貢獻。

　　也就是第五代導演試圖從革新轉向革命但嚴重受挫的同時，第六代導演在1990年代開始發聲。從一開始，第六代導演就以一種革命性的姿態出現。譬如就其題材選擇而言，幾乎全部是現實題材，也正因如此，其主題思想就具有憂憤深廣的基調，並在2000年前後形成勢不可擋的新左翼電影潮流。譬如姜文的《陽光燦爛的日子》（1994）、《鬼子來了》（2000）、《太陽照常升起》（2007），賈樟柯的前期作品即「故鄉三部曲」之《小武》（1997）、《站臺》（2000）、《任逍遙》（2002），王超的《安陽嬰兒》（2001）、《日日夜夜》（2004）、《江城夏日》（2006），李楊的《盲井》（2003）、《盲山》（2007），顧長衛的《孔雀》（2005）、《立春》（2008）。

　　之所以說第六代導演的代表作品是革命性而不是革新性的，理由之一，就是徹底顛覆了第五代導演繼承而來黨化意識形態的電影宣教本質；之所以說第六代導演的代表作品大多屬於新左翼電影，就是因為它們共同的特徵之一，就是反抗居於絕對強勢的主流價值觀念的左右，發出自己的聲音，這還不算那些以地下狀態或被禁映之後獲得關注和擁躉的影片。

　　1949年迄今六十多年的中國大陸電影發展歷史，在前三十年，電影生產與工農業生產一樣，完全被政府的「統購統銷」政策一「統」到底，成為意識形態宣教的衍生品。因此，電影的題材其實沒有真正的選擇和分類可言，都是為政治大餐服務的漱口水；即使上得了檯面，也不過是為饕餮之徒點綴一下氣氛或烘托場面的開胃酒或爽口小菜。

　　後三十年，雖然社會體制的基本格局沒有改變，電影的意識形態效用依然被反覆強調，但主旋律作品基本上成為觀眾精神食糧中的高脂肪飯後甜點，人人都知道對身體有害，至少不利於減肥。而隨著經濟體制的放開，題材選擇和製片方針上的控制與鬆動已是大勢所趨，至少是在所難免，經濟利益或曰票房收入成為任何一方都可以達成妥協和共識的基礎之一。因此，才有第六代導演或曰新左翼電影的乘勢而起[20]。

　　編導張猛雖然是 1970 年代生人，但就《鋼的琴》來說，實際上已經基本具備了第六代導演或曰新左翼電影的思想品質。譬如，影片的題材選擇本身就與它的主題思想密不可分。換言之，對下崗／失業工人的生存和生活的反映本身，就具有題材選擇上的突破性和主題思想上的反抗性，也就是革命性。做到這一點的唯一前提，就是回到對生活予以真實反映的藝術創作原點。影片以一對夫妻為爭奪女兒的撫養權為主線，輔之以男主人公召集原先的工廠同事自己製造鋼琴為副線，不僅大角度地反映了近十年來中國大陸的社會熱點問題，而且將鏡頭聚焦於東北地區下崗／失業工人的生存狀態和喜怒哀樂。

瓜秧斷了哈密瓜依然香甜
Broken from its vine, a melon is still sweet

丙、《鋼的琴》：延續第六代導演開創的新左翼電影路數

　　1930 年代初期，中國電影有了新、舊之別。前者被視為「新興電影」（運動）[21][22][23]，或「新生電影（運動）」[24]，後者我稱之為舊市民電影（時代／形態）[25]。以往的電影史研究對新電影只提左翼電影[26]，實際上，與左翼

電影幾乎同時出現的，還有性質與之不同的新市民電影[25]，其代表作是有聲片時代的第一部高票房電影《姊妹花》（1933）[27]。

新市民電影的主要特徵是：一、不與主流意識形態發生正面衝突，對社會現實持保守立場；二、奉行新技術主義，追求視聽手段的新穎並不惜成本；三、喜劇性結構和大團圓結局；四、體現庸俗哲學或曰大眾哲學觀念的主題思想[28]。

如果以上述四項基本原則來比套 2000 年以後的中國大陸電影，就會發見，馮小剛的《天下無賊》（2004）、賈樟柯的《世界》（2004）、張藝謀的《三槍拍案驚奇》（2009），以及姜文的《讓子彈飛》（2010），都無例外地屬於此類[註3]。顯然，《鋼的琴》與上述准入標準和影片實例基本上難以成功對接。

歷史上的左翼電影（運動）肇始於 1932 年，1933～1935 年興盛一時，1936 年後被國防電影（運動）整合取代[25]。1949 年以後，其階級性、暴力性和宣傳性特徵，被中國大陸電影全面繼承並片面放大，成為所有藝術作品的主題思想，亦即政治正確性上的政黨理念保證──「十七年」紅色經典電影（1949～1965），以及文革時期（1966～1976）的「樣板戲」（電影），是其成型之作和巔峰代表[29]。

就現存的、公眾可以看到的影片而言，1930 年代的左翼電影代表作，有孫瑜編導的《野玫瑰》（1932）、《火山情血》（1932）、《天明》（1933）、《小玩意》（1933）、《大路》（1934），以及田漢編劇、卜萬蒼導演的《母性之光》（1933），吳永剛編導的《神女》（1934），袁牧之編劇、應雲衛導演的《桃李劫》（1934），許幸之導演的《風雲兒女》（1935；原作：田漢，分場劇本：夏衍）[25]。

[註3] 就馮小剛的創作而言，其「賀歲片」系列基本上都屬於新市民電影，2012 年的《一九四二》亦不例外。張藝謀是第五代導演中的最早介入新市民電影的代表人物之一，譬如 1989 年與楊鳳良合作導演的《代號美洲豹》，其二十年後的《三槍拍案驚奇》，不過是繼續發力之作。賈樟柯 2004 年的《世界》，眾所周知是「招安」即妥協之作，與他自己前後的作品具有截然不同的性質。至於姜文，無疑是第六代導演的代表，但其 2011 年的《讓子彈飛》與賈樟柯的《世界》一樣，都是市場化的產物，（我對《三槍怕案驚奇》和《讓子彈飛》的具體討論意見，祈參見本書第九章、第十章）。

圖片說明：《風雲兒女》（1935）是 1930 年代中國有聲片時代左翼電影的經典之作。它不僅具備左翼電影的一切基本素質，而且它的插曲還成為十四年後誕生的新生政權的代「國歌」。

　　1930 年代左翼電影主要特徵中的階級性，是以人物的階級出身尤其是貧富狀況來區分善與惡、好人與壞人，這與左翼文藝激進的社會革命理念和意識形態立場相關，構成的是一種邏輯上的契合。問題是，左翼電影對階級性的強調，客觀上有同情弱勢群體、反抗強權勢力的傾向，也就是具有全面「反帝反封建」的意識[30]。在舊市民電影時代，出身底層的工農大眾一般都是達官貴人等「高等」階級的陪襯和玩偶，他們的真實面貌和社會地位一直到左翼電影時代才多少得到正視和恢復。在 1949 年後的中國大陸電影中，工農大眾形象基本上淪為意識形態符碼，成為政治教化的平衡槓杆和可操控表演的道具，其社會地位和真實生活實際上無從得見。

　　在 1990 年代出現的第六代導演的作品中，工農大眾的階級性被有意識地去除了人為的意識形態色彩，其積貧積弱的底層性和弱勢群體成員的邊緣性得到正視和體現[31]。《鋼的琴》就是如此，影片一開始就是夫妻兩人討論離婚後女兒的撫養權問題。表面上看是爭論孩子跟誰會幸福的世俗問題，實際上涉及的是雙方已然分化並且相距懸殊的經濟—社會地位問題。因此，「在這裡，

『鋼琴』作為一種象徵性的符號……代表著另外一種生活方式——講究格調或趣味的，中產階級或資產階級的生活方式」[4]。

從「偷鋼琴」到自己製造「鋼的琴」的線索發展，實際上是整體掃描和展示曾經輝煌一時的工人階級「老大哥」們在當下社會中艱難求生的過程。編導非常巧妙地用一件看上去不無傳奇性的事件，搭建了一個非常好的敘述平臺，貌似不經意地編排，其實是刻意為之。

圖片說明：實際上，1949年後中國大陸的工業生產體制與其他行業一樣，無不被具有軍事化的意味。正因如此，這樣的畫面和歌詞才具有了別樣的意味和象徵。具體地說，它是共和國文化的實質性體現。

歷史上，左翼電影中的暴力性，主要適用於解決階級矛盾和階級鬥爭——國防電影（運動）期間，將其置換提升為民族矛盾和民族戰爭[25]——1949年後的中國大陸電影則將其擴張到一切藝術作品的矛盾衝突中，呈現為無所不在的集體或集團暴力行為，以闡釋「槍桿子裏面出政權」的政黨理念和建立政權的核心方針。第六代導演的作品，將暴力性侷限於個體行為的善惡對決中，進而擺脫了以往既定的階級行為模式。從現象上看，似乎是回到了舊市民電影時代，但卻是對以往電影漠視生活真實的大力修正——藝術真實從來不是無源之水。《鋼的琴》不乏暴力因素和相關場面，只是分為隱性、顯性以及介於兩者中間的半隱半顯三種狀態。

隱性暴力指的是工廠倒閉、大批職工下崗失業後生活無著的現實，他們只能以個體反叛的形式傳達對抗，用學者引述導演自己的話，就是「男盜女

娼」[6]。這種暴力觸目驚心，可是囿於眾所周知的原因，編導無法正面表現，有人稱為之「物質的剝奪」[6]。實際上，這裡的「物質」應該是生存權，這才是下崗／失業工人的「唯一」權利，譬如季哥銷贓事發被捕。顯性暴力的表現相對弱勢，譬如眾人追打讓工友女兒懷孕的小混混、合夥偷學校的鋼琴，以及男主人公與插足女友的同事廝打場面。介於上述兩者中間的，是半隱半顯的暴力場面，譬如一群女工突然在車間裏大跳斗牛舞，以及男女主人公和工友們的合唱情景。稱之為半隱半顯，是因為它體現的是思想暴力和情感暴力。

當年的左翼電影之所以能夠風行一時、大行其道，進而全面終結舊市民電影時代，表面上看，一個重要原因是它的宣傳性。如果大致研讀一下現存的電影文本就會發現，左翼電影的宣傳性由幾個部分構成。其中最重要的，首先是對時政信息的披露和影像傳達，即日本侵略和蠶食中國的現實境況，以及民眾日益高漲的抗日激情；其次，是對國內社會現實的批判立場。因為所謂左翼，其實就是先鋒、前衛、反主流乃至另類的別名。左翼電影反抗一切強權勢力——對外反對外國侵略，對內反對一黨獨裁專制[25]——雖然，最新研究顯示，當時執政的國民黨僅僅處於「弱勢獨裁」階段：「國民黨雖然具有強烈的一黨獨裁和政權壟斷意識，但其『黨力』相對於中國的國家規模而言並不強大。黨機器長期處於派系紛爭和軟弱渙散狀態，其離散而有限的『黨力』在相當程度上制約了它『訓政』的力度。國民黨只是一個弱勢獨裁政黨」[32]。

圖片說明：這是一個中國大陸億萬觀眾很少有人見過、很少敢於想像的景象，雖然它已經存在許多年，而瞭解它的人甚至是視若無睹、習以為常。畫面上的後現代意味，其實是現實中前工業時代的曲折反映。

　　近十年來，包括專業研究者在內，對一部文藝作品予以好評時，往往使用一個極粗俗的褒獎詞語，曰「接地氣」。其實實際的意思，指的就是文本的時政信息提供與讀者／觀眾的索取，以及互動中的良好效應，因為它們與民眾的現實生活息息相關、難以離開須臾。《鋼的琴》中的東北國企下崗／失業工人，絕對都是過去被稱作「領導階級」的「國家主人翁」，但如今的他們，不僅生活無著，而且生存背景令人震撼：你看到的城市景象基本上是滿面瘡痍，廢棄的、破敗的工廠企業充斥畫面，衝擊力震撼人心。圍繞著製造一個鋼琴的故事，影片表現的其他社會熱點問題，譬如婚姻問題、孩子教育、貧富差距等，無不是所謂「社會轉型」中的必然結果。

　　影片開頭的第二場戲，是辦喪事，樂隊吹奏演唱先是《三套車》，而後是「降B」調的流行音樂《步步高》。結合「沉痛悼念母親」的橫幅和大型企業才有的巨大煙囪畫面，沒有人不會明白，這裡的「悼念」和「母親」所指為何。歷史上左翼電影中的宣傳性，往往與對現實社會的批判性聯繫在一起；同樣，與思想性聯繫在一起的，是作品的藝術性。《鋼的琴》當中雖然不無喜劇內容甚至「段子」式的橋段，但最後的結局卻不是「大團圓」：鋼的琴真的做成了，但孩子還是回到已經成為資產階級的母親身邊。如果影片的結尾，是主人公下崗再就業獲得了新生，甚至妻子又回到了丈夫身邊，那就是「主

旋律」電影——無論是 1930 年代的左翼電影,還是 1990 年代的第六代導演,喜劇從來都不是他們的拿手好戲。如果不是如此,那影片一定是屬於新市民電影序列無疑。

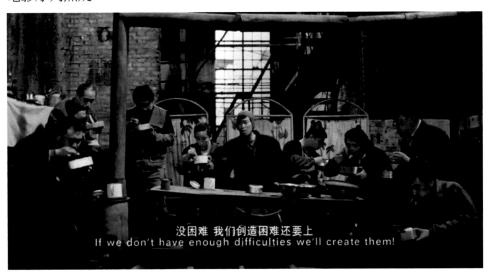

没困难 我们创造困难还要上
If we don't have enough difficulties we'll create them!

丁、結語

　　1930 年代的左翼電影與 1990 年代的第六代導演作品,之所以有許多共通之處,以至於我將後者稱為新左翼電影,當然不會是認為後者是對以往電影理念的翻版和製片路徑依賴的結果。這是因為,除了時代的不同,更重要的原因之一就是電影的多元化問題。當年的左翼電影出現後,同樣脫胎於舊市民電影的新市民電影,走的就是與左翼電影完全不同的路數。其中一個有趣的例證就是,左翼電影從來就沒有高票房的記錄——但凡是高票房電影,幾乎就是新市民電影的天下;雖然,左翼電影也同樣是市場化的產物。

　　譬如,中國有聲片時代的第一部高票房電影《姊妹花》(明星影片公司 1933 年出品)〔註 4〕、第二部高票房電影《漁光曲》(聯華影業公司 1934 年出品)

〔註 4〕《姊妹花》(故事片,黑白,有聲),明星影片公司 1933 年出品;VCD(雙碟),時長 81 分 9 秒;編劇、導演:鄭正秋;攝影:董克毅;主演:胡蝶、宣景琳、鄭小秋、譚志遠。我對這部影片的具體意見,祈參見拙作:《雅、俗文化互滲背景下的〈姊妹花〉》(載《當代電影》2008 年第 5 期),其完全版和未刪節版(配圖),先後收入《黑白膠片的文化時態——1922〜1936 年中國早期電影現存文本讀解》和《黑皮鞋:抗戰爆發前的新市民電影——1933〜1937 年現存中國電影文本讀解》(「民國文化與文學研究」文叢六編,第八、九冊,臺灣花木蘭文化出版社 2016 年版),敬請參閱。

〔註5〕、第三部高票房電影《夜半歌聲》（新華影業公司 1937 年出品）〔註6〕，
都屬於新市民電影形態。同理，1940 年代的高票房電影《一江春水向東流》
（崑崙影業公司 1947 年出品）〔註7〕，也是新市民電影——**這個定性的一個
重要的證據是，即使是 1960 年代代表中國大陸官方意識形態的《中國電影發
展史》，也不敢將《一江春水向東流》稱之為左翼電影，而只是稱讚其為「優
秀」電影**〔33〕。

　　如果說，1930 年代左翼電影的出現是電影多元化的歷史存在，那麼現今
中國大陸的新左翼電影，則又是一種已經被證實了的現實和事實。因此，《鋼
的琴》廣受好評但票房不佳，其實是正常現象。譬如第六代的天才導演之一
的王超，其 2006 年編導的《江城夏日》，中國大陸的票房收入不堪入目：北
京上映了 5 天即告下線，南京票房收入僅為區區 402 元人民幣〔34〕——就此而
言，《鋼的琴》的盈利相對於《江城夏日》，不知好出多少倍。許多學者總願
意自命為大眾的代言人，殊不知，大眾的愚昧並非始自今日，否則，何來大
眾與精英之別？

〔註 5〕《漁光曲》（故事片，黑白，配音，殘片），聯華影業公司 1934 年出品；VCD
　　　　（單碟），時長：56 分 6 秒；編劇、導演：蔡楚生；攝影：周克；主演：王人
　　　　美、羅朋、湯天繡、韓蘭根、談瑛、尚冠武、裘逸葦。前些年我將之劃入左翼
　　　　電影（參見拙著《黑白膠片的文化時態——1922～1936 年中國早期電影現存
　　　　文本讀解》之第 23 章：《向新市民電影靠攏：超階級的人性觀照和電影新視聽
　　　　模式的構建——〈漁光曲〉（1934 年）：變化中的左翼電影之四》）；這幾年我
　　　　修正了這個觀點，祈參見拙作：《新市民電影：超階級的人性觀照和新電影視
　　　　聽模式的構建——配音片〈漁光曲〉（1934 年）再讀解》（載《電影評介》2016
　　　　年第 18 期），未刪節版收入《黑皮鞋：抗戰爆發前的新市民電影——1933～1937
　　　　年現存中國電影文本讀解》，敬請參閱。
〔註 6〕《夜半歌聲》（故事片，黑白，有聲），新華影業公司 1937 年出品；VCD（雙
　　　　碟），時長 118 分 8 秒；編劇、導演：馬徐維邦；攝影：余省三、薛伯青；主
　　　　演：金山、胡萍、施超。我對這部影片的具體討論意見，祈參見拙作：《〈夜半
　　　　歌聲〉：驚悚元素與市民審美的再度狂歡——1937 年新市民電影在國防電影運
　　　　動背景下的新發展》（載《浙江傳媒學院學報》2010 年第 5 期），其完全版和
　　　　未刪節版（配圖），先後收入《黑夜到來之前的中國電影——1937 年現存國產
　　　　影片文本讀解》（中國廣播電視出版社 2012 年版）和《黑皮鞋：抗戰爆發前的
　　　　新市民電影——1933～1937 年現存中國電影文本讀解》，敬請參閱。
〔註 7〕《一江春水向東流》（故事片，黑白，有聲），聯華電影製片廠 1947 年攝製，
　　　　聯華影藝社出品，1956 年重加整理，再版發行。編劇、導演：蔡楚生、鄭君
　　　　里；助理導演：徐韜；攝影：朱今明；錄音：袁慶餘；美術：牛葆榮；主演：
　　　　白楊、陶金、舒繡文、上官雲珠、吳茵、嚴工上、高正、周伯勳。我對這部影
　　　　片的具體討論意見尚未公開發表，敬請關注。

　　如同歷史上的左翼電影一樣，第六代導演的主要代表作品即新左翼電影，也有許多可以總結概括的其他特徵，其中之一就是地域性。換言之，地域性與邊緣性和底層性始終構成著第六代導演的主要代表作品即新左翼電影的革命性中堅品質。譬如，所謂「遼寧製造」[8]，其實應該理解為「東北製造」。這是因為，對於東北以外的人群來說，對影片地域性的識別，靠的是影片中人物講的東北話（方言）——第六代導演的代表作品，幾乎都不約而同地使用地方方言[35]。2000 年前後中國大陸的新市民電影做到這一點了嗎？為什麼？

　　只要世界上還有一個人因為飢餓而哭泣，藝術家就沒有理由歌頌人類幸福時代的到來。2011年的《鋼的琴》，反映了當下中國大陸社會絕大多數底層民眾的生存境況和情感狀態，而這是以往很長時間內被主流視角和官方意識形態有意忽略甚至屏蔽的東西。正如一位評論者所言：「影片非常難能可貴的在這個漂亮的讓人發虛的影像時代為我們送去了現實主義的思考、反省和人文關懷，影片敢於揭時代的瘡疤，敢於直面真實的生活，敢於堅持真正的電影理想，在這個浮躁不堪的浮華年代，影片《鋼的琴》給了匆忙趕路的我們一個喘息的機會」[10]。從2008年的出道之作《耳朵大有福》〔註8〕，到2011年的《鋼的琴》，雖然可圈可點之處甚多，但也顯示了編導將來漫長的道路。我個人相信，那是不無輝煌和不可估量的電影之路。〔註9〕

〔註8〕《耳朵大有福》（故事片，彩色），編劇、導演：張猛；攝影：【韓國】具在謀；美術：張翊、張樞男；剪輯：馬彥彥；主演：范偉（飾王抗美）、程淑波（飾王抗美妻子）、賈瑟（飾女兒）、田雨（飾姑爺）、張永岩（飾兒子）、趙乃旬（飾父親）、胡豔萍（飾弟媳）；遼寧電影製片廠、長春電影製片廠、韓國自聯映畫社聯合攝製，長春電影製片廠、遼寧電影製片廠、韓國自聯映畫社、瀋陽新鋒尚廣告有限責任公司2008年出品，2008年1月4日中國大陸公映。

〔註9〕以上篇幅的文字在雜誌上公開發表前，編輯和我曾有如下的溝通交流：

　　袁老師：……其實對你的選題我是很感興趣的，因為《鋼的琴》也是我曾經關注的影片，當時有人向我推薦，我看後很震動，認為無論選材、主題、表演，還是場景、畫面、音樂等，都體現了電影的本色，稱得上近年罕見的一部好電影。加之我是遼寧人，就更有親切之感。所以我在去年給編輯出版的研究生上課時，擅自插進了兩次「影視鑒賞」專題，其中就推薦了這部影片供大家討論。……當然，您的文章不是簡單的作品鑒賞評論，而是選取了較為宏觀的視角──鏈接電影史上的「左翼電影」來強調第六代電影人的現實主義創作屬性，我覺得這應該是很值得做的選題。讀了文章也使我很有啟發和收穫。不過有幾點建議和你交流一下。1、建議修改一下標題。覺得目前的標題好像沒有突出論點，按我的理解，文章的核心論題應該是「新左翼電影」的風格特徵和表現方法，即現實主義屬性，所以標題中應該點出來。所以我嘗試擬了一個標題供參考（見原文）。2、建議適當調整內容。我理解文中有兩個主要部分，一是談選題的社會背景，即現實題材和深廣主題產生的基礎，二是談新左翼電影實現主題的現實主義表現手法（當然比照的是歷史上的左翼電影）。但目前第一部分的社會背景似乎篇幅多了一些，使作品現實主義選題和深刻主題思想的論述未能突出。另外，第二部分是否可以再加提煉，使1930年代左翼電影、2000年後的新左翼電影的內涵和表現手法的趨同更加突出。3、建議壓縮參考文獻和篇幅。目前文獻偏多，尤其前言部分不需要過多注釋，另外建議壓縮篇幅，最好在8000字以內。……我常常把看稿子作為和作者交流的機會，從中學到東西，得到快樂。李莉。

　　尊敬的李老師您好：終於碰上一個認真和我討論稿件的懂行的編輯，而

如果感到幸福你就拍拍手
If you're happy and you know it clap your hands

戊、多餘的話

子、《耳朵大有福》和《三套車》

看了《鋼的琴》，一定要回頭看看編導三年前拍的《耳朵大有福》。從題材上說，兩個片子都是反映當下東北工人的生活境況，主題思想上，兩者一脈相承，即真實和批判相互印證。視聽語言風格方面，後者同樣也體現出對前者的承接和擴張。除此之外，兩部影片還有一些有趣的聯繫，一定程度上可以視為系列電影看待。譬如《鋼的琴》配的第一支插曲是俄羅斯民歌《三套車》，這支曲子在《耳朵大有福》就出現了。之所以我對《鋼的琴》很有好感，原因之一是這支曲子是最感性的。

十幾年前我曾在唐山聽見一個五零後引吭高歌，唱的就是《三套車》。那老哥當年也是工廠的文藝骨幹，下崗後開了個歌廳，那場演唱一半意義上是自娛自樂，因為聽眾只有幾個人，正是中午閉門休息的時間。1949 年後，由於蘇聯和中國大陸之間特殊的政治、經濟關係，俄蘇文藝影響廣泛，即使是情歌，要聽的話只有聽蘇聯的，西歐北美什麼的都聽不著，更別說日本和韓

且還那麼謙虛。稿件完全按照您的意見修改，標題直接就用您選取的。其他部分儘量做到。如果沒有做到，那是我的理論水平問題，而不是態度問題。「注釋」均遵囑加以簡化，但沒有完全刪除，為的是保持序號統一。「文獻綜述」也是如此考慮。其他部分也都儘量按照您的要求做到，多有刪節有修改。最後，文章的全部字數（包括題目、注釋、文獻綜述和作者簡介）共是 7976 字，符合您的要求。如果有必要，請您任加刪節改正。再次向您致敬。袁慶豐上。

國──對大陸民眾來說，那時候根本沒有後面這個國家，只有「南朝鮮」──
──1950～1953 年朝鮮戰爭期間，就是大陸稱之為「抗美援朝」壯舉的時候，
韓、美皆為敵對勢力。《三套車》雖然不是情歌，但屬於當時居於強勢地位的
俄蘇文化代表，對 1949 年後的中國大陸民眾影響甚巨。

　　另外，《耳朵大有福》和《鋼的琴》中都有一個叫王抗美的人物，前者他
是主人公，還有一個弟弟叫援朝；後者中的王抗美變成了一個次要人物，是
一個和男主人公的女友偷情的工友。顯然，這樣的人物命名與他們的生長時
代有著邏輯上的因果關聯──《鋼的琴》中男主人公之所以叫陳桂林，原因
可能是他父親或母親是北上援建的南方技術人員──稍有不同的是，《耳朵大
有福》中的王抗美是剛退休的老男人，《鋼的琴》中的是喪偶下崗中年男，同
樣也做得一手好飯菜。

　　除了文藝，蘇聯的工業生產模式也對中國大陸產生著重大影響，一直到
現在都根深蒂固。其中一個體現就是計劃經濟，最突出的就是東北的重工業
格局。因此，中國大陸啟動「改革開放」計劃，經濟轉型就必然要在工業體
制上產生問題。而 1949 年以來東北的重工業不僅是新政權經濟體制和經濟生
活的重要組成部分，也構成東北普通民眾生活的全部；或者說，他們的生活
其實早已是重工業生產的附屬。所以，一旦社會「轉型」，他們所受到的衝擊
和所處的困境，是東三省以外的人難以想像的。

圖片說明：從演員角度上說，《耳朵大有福》中的范偉，讓他在此之前的一切表演
變得味同嚼蠟、不值一提。從導演的角度上說，《耳朵大有福》讓在此之前所有的
類似題材的大陸國產影片成為笑話。

丑、《鋼的琴》的 24 首樂曲和歌曲

初看上去，這是由於男主人公陳桂林和他的現女友都是靠賣藝謀生的小樂隊成員，或者說，是因為這些做鋼琴的下崗工人大多曾經屬於業餘文藝工作者的身份，但實際上，這是編導為主題思想的通俗化表達設置的輸出端口。譬如陳桂林等人偷鋼琴時被人家發現並當場逮住，敘事流程突然中斷，插入一段他在漫天飛舞的雪花中全身心沉醉地激情彈奏片段。這場戲前後 5 個鏡頭，持續 87 秒，拍得詩情畫意。所有觀眾都明白這不是寫實是寫意，用來對抗冰冷的現實。女友的歌手身份也是如此用意，並且是且歌且舞。

這些情景處理很是機巧，一方面，它是敘事與抒情的交錯銜接，另一方面，在推動敘事的同時，又可以單獨抽出來作為寫意的表現。譬如，眾人將鋼琴構件運進車間時，突然配置了一段一群紅衣女子在樂隊全體成員伴奏下大跳西班牙斗牛舞的場景，且長達 140 秒。依我看，影片的暴力表達至此達到頂峰。這其實是承接了 1930 年代左翼電影的傳統。

當時的左翼電影和新市民電影都重視並大量加入歌舞元素，但前者是用來為主題思想服務的，（這也是為什麼 1949 年後，尤其是「文革」期間，大量歌曲被禁而一些左翼電影插曲卻被網開一面的原因，譬如《新女性》中的插曲《新的女性》〔註10〕——要知道，代國歌《義勇軍進行曲》也是當時左翼電影《風雲兒女》的插曲〔註11〕）。反觀新市民電影，其插曲完全可以游離

〔註10〕《新女性》（故事片，黑白，配音），聯華影業公司 1934 年出品；VCD（雙碟），時長 105 分鐘；編劇、導演：蔡楚生；攝影：周達明；主演：阮玲玉、鄭君里、湯天繡、王乃東、顧夢鶴。我對這部影片的具體意見，祈參見拙作：《變化中的左翼電影：左翼理念與舊市民電影結構性元素的新舊組合——以聯華影業公司〈新女性〉為例》（載《中文自學指導》2008 年第 3 期），其完全版和未刪節版（配圖），先後收入《黑白膠片的文化時態——1922～1936 年中國早期電影現存文本讀解》和《黑馬甲：民國時代的左翼電影——1932～1937 年現存中國電影文本讀解》，敬請參閱。

〔註11〕《風雲兒女》（故事片，黑白，有聲），電通影片公司 1935 年出品；VCD（雙碟），時長 89 分 10 秒；【原作：田漢；分場劇本：夏衍】；導演：許幸之；攝影：吳印咸；主演：袁牧之、王人美、談瑛、顧夢鶴、陸露明。我對這部影片的具體討論意見，祈參見拙作：《左翼電影的藝術特徵、敘事策略的市場化轉軌及其與新市民電影的內在聯繫》（載《湖南大學學報》2008 年第 3 期），其完全版和未刪節版（配圖），先後收入《黑白膠片的文化時態——1922～1936 年中國早期電影現存文本讀解》和《黑馬甲：民國時代的左翼電影——1932～1937 年現存中國電影文本讀解》，敬請參閱。

主題，甚或與之無關，僅為視聽消費——蓋因宣傳性存之與否耳。不信，再看看《鋼的琴》中的樂曲／歌曲目錄，大多是能指與所指的錯位：

01、《三套車》，時長：78″；

02、《步步高》，時長：73″；

03、*Aeidu*（德國樂隊 17Hippies），時長：96″；

04、《粉刷匠》，時長：26″；

05、《超級瑪麗》，時長：79″；

06、《張三的歌》，時長：114″；

07、《跟往事乾杯》，時長：32″；

08、《心戀》，時長：36″；

09、《致愛麗絲》，時長：87″；

10、《四小天鵝舞曲》，時長：19″；

11、*Jacques Balzac*（德國樂隊 17Hippies），時長：30″；

12、*Wann War Das*（德國樂隊 17Hippies），時長：104″；

13、《懷念戰友》，時長：140″；

14、*Orlyata*（俄羅斯樂隊 Lube），時長：139″；

15、*Календарь*（俄羅斯樂隊 Lube），時長：77″；

16、《婚禮進行曲》，時長：88″；

17、《瑪奇朵漂浮》，時長：80″；

18、*Skoro Dembel*（俄羅斯樂隊 Lube），時長：263″；

19、*Der Zug Um 7.40 Uhr*（德國樂隊 17Hippies），時長：116″；

20、*Mad Bad Cat*（德國樂隊 17Hippies），時長：54″；

21、*Javano Jovanke*（德國樂隊 17Hippies），時長：90″；

22、《如果感到幸福你就拍拍手》，時長：36″；

23、*Isa Auf Der Brücke*（德國樂隊 17Hippies），時長：88″；

24、《山楂樹之戀》，時長：106″；

25、《西班牙斗牛士》，時長：140″；

26、《討厭的啄木鳥》，時長：95″。

以上時間單位：秒；總計時長：2460″，占總片長的 39%。（數據統計：劉慧姣）

寅、小品化與季哥以及他的女人

《鋼的琴》的鏡頭語言有很多舞臺式的造型構圖，很多戲份的舞臺化表演痕跡很重，這自然是由於編導出身中央戲劇學院美術系的原因。據說他和乃父都曾給趙本山寫過小品[1]，因此影片中那些極具東北風味的臺詞，也就順理成章。譬如：

> 「你跟他說話要有品位。啥叫有品位的話呢？忽悠！」

（在所謂三十年來的社會轉型期，中國大陸一個突出的社會和文化現象，恰恰可以用這兩個字概括）。

又譬如：

> 「家裏的彩電冰箱洗衣機你就看著搬吧」——「你是不把我當成收廢品的了？」

然而，這種教育背景和藝術歷練體的結合，於電影編導也不是一無是處。譬如主人公要召集造鋼琴的人手，每一個人物的出場都帶著一段故事，很是出彩。譬如那個打麻將偷牌的胖頭，賣豬肉賣得小有資產的大劉，配鑰匙的快手，以及有著留學蘇聯背景的汪姓工程師等等，無不個性鮮明。

但最讓我關注的是季哥這個人物。季哥應該有犯罪前科，否則派出所的人也不會對季哥熟門熟路。我最感興趣的是兩點，一個是警察來抓捕他時，居然稱呼他為「季哥」，可見其多少是有黑道背景。再一個，就是季哥第一次出場時，身邊有女人伺候，而且是兩個。

對比一下《耳朵大有福》，主人公去歌廳求職，歌廳老闆身邊也有個關係曖昧的豔麗女子，但只有一個。眾所周知，這種人物的社會地位比較曖昧，平時處於灰色地帶，因此，扮演這種角色但有閃失，就會貽笑大方。好在兩部影片的演員都很出色，非常到位。尤其是那眼神，堪稱專業。

由於季哥的戲份相對較多，因此神態畢肖，大背頭，穿一大衣扣兩鈕扣，就那麼工地上坐著，工作就是遙控著手下人幹活（找廢鐵），關鍵時候出來平事兒。而且這位演員的角色切換極其自然：作為老大，他演得得體、傳神；作為前高級翻砂工（鑄造工），其職業本色也能原裝還原，不簡單。至於他的

狗,表演也很出彩。什麼人養什麼狗。同理,男人的社會地位和品味,看他
身邊帶的女人就能一目了然。

　　當然,演員演得好,很大的功勞是導演調配得好。說到底,電影中真正
的老大是導演。但是,就像《紅樓夢》裏說的,「大有大的難處」。季哥最終
也得被警察叔叔帶走,導演倒是沒跟了去,因為他自己的片子也做不了主:
觀眾看到的只是刪減版,據編導坦陳,還有 33 分鐘的片長,「為上院線……
去掉了」[3]。

　　那麼,錢是老大?當然不是。你懂的。

圖片說明:這樣的場景設計不無正劇意味,充滿悲壯情懷。剪影化的光影,既形
成畫面的透視,也拓展了想像空間。最精妙的是,三人的擺臂和步伐既有一致性,
又有本質區別,即心境的外化。

卯、《霸王別姬》與視聽語言標本

　　有評論者注意到,影片「幾乎百分之八十的場景都採取正面水平樂隊指
揮機位」,並對此大為讚揚[6]。我的理解是,導演的視聽語言功力並不差,那
些平面化的、展示場景式的設置,以及固定鏡頭的使用,其實是有意為之的;
而運動鏡頭和空間調度方面的功底也是相當深厚的,譬如我印象最深的,是
那幫中年男女在電影院內外追逐小混混們的那場戲。

　　但說到底,沒有想法和情感的表達僅僅是技術,不是藝術,導演也證明
了這一點。那就是季哥被警察帶走之前一場戲,很有文藝範和抒情性。分析

這場戲的處理，你會發現有兩種歷史痕跡滲透其中，一個是「紅色經典電影」中，英雄人物走上刑場的感覺，譬如《紅燈記》（1970）；還有一層，就是美國電影中經常出現的英雄好漢飄然而去的場景，譬如《正午》（1952）。考慮到編導張猛的成長和學習經歷，應該對此並不陌生。

由於第六代導演出現和崛起之時，他們的視聽語言功力和影像風格基本上呈現出全面成熟的狀態，即既有個性色彩又有趨同之處，因此，整體上抬升了新生代導演如張猛等後輩的電影准入門檻，《鋼的琴》能夠獲得好評，與此不無原因。北京電影學院的「視聽語言」課程，常常以陳凱歌的《霸王別姬》（1993）為教學標本。

其實這方面，《鋼的琴》完全可以勝任。唯一的問題是，兩者出品時間相隔太長，幾乎有 20 年。而和同時代的影片相比較，《鋼的琴》雖然是 2000 年後中國大陸出類拔萃的影片之一，但是和顧長衛的《立春》（2008）比較起來，整體的意境營造和表現上還是稍遜一籌。我問過學生，這兩個影片的分數怎麼給，回答是《立春》是 95 分以上，《鋼的琴》是 90 上下。

我同意這種感性評價。〔註12〕

初稿日期：2012 年 7 月 13 日

初稿錄入：鍾端梧

二稿配圖：2013 年 1 月 19 日～5 月 5 日

圖文修訂：2016 年 5 月 23 日～6 月 3 日

新版修訂：2017 年 5 月 4 日～13 日

新版校訂：2020 年 3 月 31 日～4 月 23 日

〔註12〕本章文字的主體部分（不包括戊、多餘的話）約 8000 字，最初曾以《「新左翼電影」的題材選擇和批判性的社會立場表達——以電影〈鋼的琴〉為例》為題，先行發表於《現代傳播》2013 年第 5 期（北京，單月刊；責任編輯：李莉）。本章全文配圖版後作為第十一章收入《新世紀中國電影讀片報告》。此次新版，恢復了初版時被刪節的文字部分（正文中用黑體字標示），並新增**專業鏈接 4**：影片經典臺詞、篇末的英文摘要（雜誌發表版）、影片 DVD 碟片的三幅圖片，以及並列排版的七組（14 幅）影片截圖。特此申明。

圖片說明：如果說上面那個鏡頭達到並完成了一切正劇所要追求的戲劇效果，那麼，季哥那條狗的加入又形成了意料之外情理之中的顛覆效果。或者說，狗的進入不無豐富的現代意味和解構意義。

參考文獻：

〔1〕百度百科〔DB/OL〕.http://baike.baidu.com/view/846429.htm# sub 5816557〔登陸時間：2013-01-19〕

〔2〕王佳，郭曉珩.《鋼的琴》：「商業」夾擊下的「文藝」營銷樣本〔N〕. 北京：中國經營報，2011-08-22（C05）.

〔3〕張猛，石川，皇甫宜川，蒲劍.《鋼的琴》導演觀眾四人談〔J〕.北京：當代電影，2011（6）：46.

〔4〕李雲雷.工人生活、歷史轉折與新的可能性──簡評《鋼的琴》〔J〕. 北京：電影藝術，2011（2）：70～72.

〔5〕楊擊.後現代鄉愁：《鋼的琴》的情感結構和敘事策略〔J〕.北京：藝術評論，2011（10）：73～75.

〔6〕戴錦華談《鋼的琴》，豆瓣網〔DB/OL〕.http://www.douban.com/note/ 183477224/〔登陸時間：2012-07-12〕.

〔7〕張玉婧.影像中東北老工業區的城市意象──評影片《鋼的琴》〔J〕. 石家莊：大眾文藝，2012（8）：287～288.

〔8〕王臻青.王千源稱《鋼的琴》是「遼寧製造」〔N〕.瀋陽：遼寧日報，2011-07-19（13）.

〔9〕康婕.風格化的底層敘事《鋼的琴》〔N〕.北京：中國電影報，2011-07-28 （11）.

〔10〕劉軍.一個時代的輓歌《鋼的琴》〔J〕.鄭州：東方藝術，2011（27）：148～151.

〔11〕王樽.《鋼的琴》：國產電影的參照範例〔N〕.深圳特區報，2011-07-18（B06）.

〔12〕佚名.動員各方面力量，採取多種形式──北京組織待業青年學習文化和技術〔DB/OL〕.資料倉庫：人民日報電子版 https://new.zlck.com/rmrb/news/Y3ZZ70ZF.html（1980-6-10）〔登錄時間 2020-4-22〕.

〔13〕百度百科〔DB/OL〕.http://baike.baidu.com/view/40455.htm〔登錄時間：2013-01-19〕

〔14〕馮興.1998：下崗浪潮襲來，國企改革向縱深推進〔DB/OL〕.中國經濟網 http://views.ce.cn/fun/corpus/ce/fx/200901/25/t20090125_18058284.shtml〔登錄時間：2013-01-19〕

〔15〕付明.東北老工業基地總量性失業分析〔J〕.哈爾濱：商業經濟，2009（10）：83.

〔16〕《人保部 2011 年第四季度新聞發布會實錄》，新浪網〔EB/OL〕http://finance.sina.com.cn/china/20120120/115511249087.shtml〔登錄時間：2013-01-19〕

〔17〕中華人民共和國國家統計局 2012 年 2 月 22 日發布：《中華人民共和國 2011 年國民經濟和社會發展統計公報》，中華人民共和國國家統計局網站〔EB/OL〕http://www.stats.gov.cn/tjgb/ndtjgb/qgndtjgb/t20120222_402786440.htm〔登錄時間：2013-01-19〕

〔18〕《東北三省 2011 年經濟社會發展主要指標情況》，吉林省人民政府門戶網站〔EB/OL〕http://www.jl.gov.cn/jlgk/fzbg/jls2011nfzbg/201205/t20120522_1210716.html〔登錄時間：2013-01-19〕

〔19〕劉旭東.論電影《鋼的琴》之家國同構敘事與輓歌情調〔J〕.呼和浩特：前沿，2012（9）：174～175.

〔20〕袁慶豐.第六代導演作品對弱勢群體的關注及其文化批判──以李楊編導的《盲井》為例〔J〕.汕頭大學學報，2012（5）：5～10.

〔21〕李少白.中國電影史〔M〕.北京：高等教育出版社，2006：57.

〔22〕陸弘石，舒曉明.中國電影史〔M〕.北京：文化藝術出版社，1998：41.

〔23〕丁亞平.影像時代──中國電影簡史〔M〕.北京：中國廣播電視出版社，2008：51.

〔24〕李道新.中國電影文化史〔M〕.北京：北京大學出版社，2005：145.

〔25〕袁慶豐.1922～1936 年中國國產電影之流變──以現存的、公眾可以看到的文本作為實證支撐〔J〕.合肥：學術界，2009（5）：245～253.

〔26〕程季華.中國電影發展史：第 1 卷〔M〕.北京：中國電影出版社，1963：183.

〔27〕袁慶豐.雅、俗文化互滲背景下的《姊妹花》〔J〕.北京：當代電影，2008（5）：88～90.

〔28〕袁慶豐.1936 年：有聲片《新舊上海》讀解──中國左翼電影轉型、分流後現存唯一的新市民電影〔J〕.汕頭大學學報，2008（2）：39－43.

〔29〕袁慶豐.《孤城烈女》：左翼電影在 1936 年的餘波回轉和傳遞〔J〕.西寧：青海師範大學學報，2008（6）：94～97.

〔30〕李玥陽.在南京國民政府與左翼電影之間──以孫瑜電影為例〔J〕.北京：電影藝術，2010（3）：117～124.

〔31〕袁慶豐.第六代導演作品的審美高度與哲理思辨──以王超的《日日夜夜》為例〔J〕.合肥：學術界，2012（10）：123～131.

〔32〕王奇生.黨員、黨權與黨爭：1924-1949 年中國國民黨的組織形態（2003）//施雨華，倪敏鰓.王奇生.「打入」國民黨內部〔J〕.廣州：南方人物週刊，2012（42）：86～89.

〔33〕程季華.中國電影發展史：第 2 卷〔M〕.北京：中國電影出版社，1963：223.

〔34〕豆瓣〔EB/OL〕http://movie.douban.com/review/1071886/〔登陸時間：2012-10-08〕

〔35〕袁慶豐.第六代導演：忠實於時代記錄和敘事功能的恢復──以顧長衛的〈孔雀〉為例〔J〕.杭州：浙江傳媒學院學報，2012（6）：50～55.

2011：The Piano in a Factory

New Left-wing Film Mode

Reading Guide：Director Zhang Meng was born in 1970s, but his film has the basic attributes of New Left-wing Film typically seen in the works of the sixth generation directors. The attributes are hidden in theme selection and critical expression of laid-off workers life. While it is one of the basic functions of literary and artistic works to reflect real life, the Chinese mainland film hasn't restore the function until the sixth generation directors. In fact, the theme and artistic form of *The Piano in a Factory* is unrelated to post modern and post industrial era, but a result impacted by left-wing spirit in early Chinese films and anti-mainstream expression in the sixth generation directors' films.

Key words：subject matter; unemployment; the sixth generation director; Left-wing Film; New Left-wing Film; New Citizen Film;

圖片說明：在中國大陸市場上公開銷售的《鋼的琴》DVD 碟片。

2012 年：《桃姐》——何處是歸程？

圖片說明：在中國大陸市場上公開銷售的《桃姐》DVD 碟片之封面、封底。

內容指要：

　　無論是什麼題材和什麼類型，香港電影永遠都是從香港的角度去書寫和反映，同時，永遠都是以香港的形式去理解和表達。前者可以視為香港電影的價值觀和世界觀，後者可以看作香港電影的移民思維與文化定位，獲得 2012 年香港電影最高獎項的《桃姐》就是其中的例證之一。影片所有的特質，均可以從中國電影歷史的發展脈絡中找到歸屬；其高票房的回報和溫情脈脈的主僕關係背後，是六十多年來香港民眾移民心理的糾結與展示，再次闡釋著新市民電影一貫的庸俗哲學或曰大眾哲學理念。

關鍵詞：香港文化；香港電影；《桃姐》；移民；心理移民；移民情結；

專業鏈接 1：《桃姐》（故事片，彩色），2001 年出品；英文片名：*A Simple Live*，
DVD，時長 118 分鐘。博納影視娛樂有限公司、映藝娛樂有限
公司、銀都機構有限公司聯合出品，中國大陸公映時間：2012
年 3 月 8 日[1]。

>>> **編劇**：陳淑賢、李恩霖；**導演**：許鞍華；**攝影指導**：余力為；
錄音師：湯湘竹；**美術指導**：潘燚森；**剪輯**：韋淑芬；

>>> **主演**：葉德嫻（飾桃姐）、劉德華（飾梁少／Roger）、秦海
璐（飾蔡姑娘）、黃秋生（飾養老院院長）、王馥荔（飾
梁母）、秦沛（飾堅叔）、宮雪花（飾經理）。[註1]

〔註 1〕片頭字幕：第 68 屆威尼斯國際電影節，競賽單元影片。銀都機構有限公司、
博納影視娛樂有限公司、映藝娛樂有限公司聯合出品。本故事根據真人真事改
編，鍾春桃，即桃姐，原籍台山，自幼家貧出生不久即被人收養，養父在日本
侵華期間被殺，養母無能力再照顧桃姐，輾轉之下，將桃姐安排到梁家充當女
傭。自十三歲起桃姐先後照顧過梁家四代，共六十多年。（中略）。桃姐，A simple
life。

片尾字幕：主演：劉德華、葉德嫻、王馥荔、秦海璐；秦沛、梁天、余文詩、
林二汶、江美儀、陳智燊、許素瑩。友情客串：黃秋生、杜汶澤。（中略）聯
合編劇：李恩霖；監製、導演：許鞍華。特別客串：鄒文懷伉儷、于冬、徐克、
洪金寶、岑建勳、麥潤壽、劉國昌、陳國新、寧浩、林以諾。客串：林家棟、
羅蘭、詹瑞文、譚炳文、黎燕珊、宮雪花、朱慧敏、翟凱泰、和田裕美。（中
略）。英文字幕翻譯：Tony Rayns。演出：北京辦公室助理……高夏，姑娘甲……
余綺嫦，姑娘乙……梁卓美，菜販甲……陳敏斌，菜販乙……丁美森，老人……
劉秀容、梁子湘、譚蝦、周妹、李雪容、馮妹、詹聰、劉門大，假牙老人甲……
林景燊，假牙老人乙……張日華，清潔女工甲……沈惠芳，清潔女工乙……鄭
惠芳，清潔女工丙……王敏賢，金姨……許碧姬，婆婆……關亞風，梅媽……
胡永莊，物理治療師……蔡美達，陪診員……Kalumuna Dorothy Leopord，茶
餐廳侍應……邵子風，面試女甲……陳桂芬，面試女乙……李俊鈴，面試女
丙……張慧蓮，收樓大漢甲……樓南光，收樓大漢乙……梁焯滿，收樓大漢
丙……吳成達，白粉佬……歐陽志倫，首映禮嘉賓……陳鄒重珩、關錦鵬、劉
偉強、陳榮照、Angelababy，療養院醫生……李景昌，妓女……楊曉蓉，司儀……

專業鏈接 2：影片獲獎情況：

　　2011 年獲第 68 屆威尼斯電影節最佳女演員獎（葉德嫻），第 68 屆威尼斯電影節費比西獎國際電影評論家協會獎主競賽單元最佳影片西格尼斯特別獎、平等機會獎，第 48 屆臺灣電影金馬獎最佳導演獎（許鞍華）、最佳女主角獎（葉德嫻）、最佳男主角獎（劉德華），第 21 屆亞洲電影傳媒獎最佳女主角獎，第 15 屆愛沙尼亞塔林黑夜電影節最佳女主角獎、最佳電影獎、FICC Jury Award FICC 評審團獎；2012 年獲第 31 屆香港電影金像獎最佳編劇獎（陳淑賢）、最佳導演獎、最佳男主角獎、最佳女演員獎、最佳影片獎，第 18 屆香港電影評論學會最佳電影獎、最佳女主角獎，《青年電影手冊》2011 年華語十佳電影第一名，第 6 屆亞洲電影大獎最佳女主角獎，第 4 屆沖繩國際電影節之「Peace 單元」最高大獎「海人獎」、評委會特別獎「金石獅子獎」，第 9 屆亞洲沃克電影獎最佳導演獎、最佳女主角獎、最佳男配角獎（秦沛），第 14 屆亞洲影評人協會獎最佳女主角獎，第 12 屆華語電影傳媒大獎最佳女主角獎、百家傳媒年度致敬電影獎，第 10 屆巴黎國際電影節國際競賽單元最受觀眾歡迎獎、學生評審團獎[2]。

劉偉恒，Yunnie……李詩卉，Yunnie 媽……金文淳，嬰兒 Jonathan……黃楷翔，義工……陳佩霞，醫院醫生……張滿源。（中略）。聯合攝製：銀都機構有限公司、博納影視娛樂有限公司、映藝娛樂有限公司。（以上字幕錄入：劉曉琳）

專業鏈接 3：影片鏡頭統計：

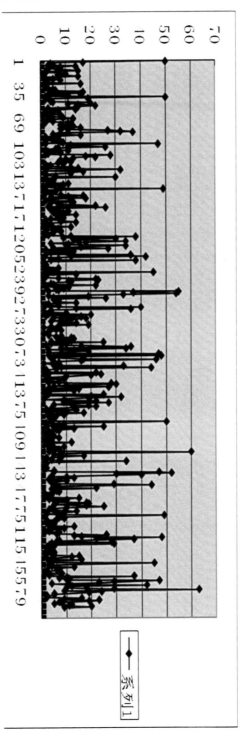

說明：全片時長 118 分鐘，共計 595 個鏡頭。其中，1 秒的鏡頭 46 個，低於 5 秒的鏡頭 278 個，大於 5 秒、小於等於 10 秒的鏡頭 128 個，大於 10 秒、小於等於 15 秒的鏡頭 70 個，大於 15 秒、小於等於 20 秒的鏡頭 29 個，大於 20 秒、小於等於 30 秒的鏡頭 38 個，大於 30 秒、小於等於 60 秒的鏡頭 42 個，大於 60 秒的鏡頭 1 個。大於 30 秒的長鏡頭共 32 分 34 秒，占總片長的 28%。

（製圖與數據統計：李梟雄）

專業鏈接 4：影片經典臺詞

「他們開會好像聚餐一樣」。

「其實你不明白，當導演也很苦命，拍電影跟生孩子一樣，最重要是守住自己的底線，要不然生出來變生化人了」。

「已經住慣就別搬了，不然很快就死了」。

「你下次來，幫我買兩瓶豆腐乳，微辣的」——「怎麼了？吃得不好？」——「我好久沒吃了嘛」——「好久沒吃就不要吃了嘛，沒什麼好處」。

「人沒興趣會死的！」

「不要泡妞啦，堅叔」——「哪有！交個朋友嘛」。

「門口出租開罰單了」——「我像開出租的嗎？」——「你不是開出租的？」——「我修空調的」——「哦」。

「堅叔，你又出去跳舞？」——「去深圳。我聽人說，福田區有家老人婚姻介紹所」——「不會吧，堅叔？」——「怎麼了，花一百塊錢買個希望囉」。

「現在的明星真的很奇怪，瘦得象牙籤一樣，還說要減肥！」

「看到很多人都出去，我還以為他們去廁所呢。結果沒看他們回來」——「電影不好看，不如早一點走。免得看完，見到我們的時候，讓我們太難看」。

「爛扇無風，人老無用」。

「人的命，天注定。神會給我們安排的吧？」——「《聖經》裏說了，天下萬物都有定時。哭有時，笑有時，生有時，死有時」——「血管手術有時，膽囊手術有時。痛啊？笑到肚子痛，比哭到心痛好」——「吃奶嘴有時，進棺材有時」——「人生最甜蜜的歡樂，都是憂傷的果實。人生最純美的東西，都是從苦難中得來的。我們要親身經歷艱難，然後才懂得怎樣去安慰別人」。

「我覺得上天有一臺超級強勁的電腦，安排好我們全世界幾十億人的命運」。

專業鏈接 5：影片觀賞指數（個人推薦）：★★★☆☆☆

甲、前面的話

圖片說明：很多人會說這是一位香港老人，但我自始至終就沒有這樣的意識。無論是老人的面容還是神情，我能夠看出和體會到的，是中國歷史、社會以及文化的印痕，也就是近百年的滄桑感。

2012 年香港的「金像獎」評獎之前，中國大陸最看好的是這邊參評的《讓子彈飛》。因為近十幾年來，姜文每出一個片子都有不俗表現，都能夠一次次地超越自己。這次《讓子彈飛》，想來應該能夠得到香港電影界的認同。孰知《桃姐》不僅獲獎，而且有五項之多：「最佳編劇獎」（陳淑賢）、「最佳導演獎」（許鞍華）、「最佳男主角獎」（劉德華）、「最佳女演員獎」（葉德嫻）、「最佳影片獎」，而《讓子彈飛》只得了個「最佳服裝造型設計獎」[3]——基本可以視為沒有得獎，也就是安慰獎的意思。我和很多人一樣都覺得比較詫異，但仔細看下《桃姐》就恍然大悟，明白《桃姐》的全面勝出是理所當然。

評論界對《桃姐》自有好評。譬如，認為影片雖然「簡單」但有「深意」，是導演「繼《天水圍的日與夜》（2008）、《天水圍的夜與霧》（2009）之後又一部取材於香港並直接描寫港人生活的影片……是香港電影在內地非類型電影票房最高的一部作品」；主人公和東家少爺之間的「主僕」關係，又「猶如母親與兒子」，「港味」十足[4]。有學者從外國同類題材電影——譬如加拿大的《柳暗花明》（*Away from Her*，2008）和意大利的《無限的青春》（*A Second Childhood*，2011）——的角度分析指出，《桃姐》「寫情但拒絕煽情」，「談論生死但少有壓抑之感」，導演在「保持其一貫的寫實風格」的同時，「明顯的喜劇的、商業的元素……以及……明星效應」、「商業片式的演員陣容」和「『數星星』的快感」，不僅避免了文藝片沉悶的「通病」，而且「這才是華語電影未來的方向」[5]。

圖片說明：無論是否喜歡，恐怕沒有人會否定香港電影的文化性和地域性。但這兩點均源自中國大陸的民族性，這是一個相對敏感、缺乏多向研討的問題。但只要正視香港歷史，一切問題就會迎刃而解。

　　導演自己則坦承，「主僕情誼是香港特殊時空下的衍生物」，拍攝《桃姐》這樣的老年題材影片，既是「紀念一下那段歷史」，也是自己「心境到了」的結果，「現在的老齡化問題這麼嚴重，電影拍出來，就是提出問題，希望大家討論……我只是想把我看到的、瞭解的養老院生活如實記錄下來，不加任何評論，讓觀眾自己去感悟」[6]。而年屆半百的投資人之一、主演劉德華之所以對影片「很有興趣」，則是因為「他也開始思考終極問題了」[6]。據稱，西方媒體評價《桃姐》「是一部有使命感的影片，它以香港老齡化社會為背景，切入的是個人境遇，探討的卻是如何老來安生的大議題」[6]。

　　在我看來，影片是香港電影一貫風格中的新市民電影路數，其所有的特質，均可以從中國電影歷史的發展脈絡中找到歸屬；其高票房的回報和溫情脈脈的主僕關係背後，是六十多年來香港移民心理的糾結與展示，再次證明著新市民電影一貫的庸俗哲學或曰大眾哲學理念。

圖片說明：1949 年以後，無論是從歷史的角度還是現實的角度，似乎只有中國電影序列中的香港電影，才將「民以食為天」的傳統理念與人間煙火表現得入情入理、自然貼切，並且能夠以俗為美。

乙、《桃姐》：香港本土文化的流變與香港電影文化傳統的體現

　　從某種程度上說，香港頒發的「金像獎」顯然是香港電影的最高標尺和對影片的最高褒獎，至少應該看作是對香港電影本身的衡量和表彰。因此，

儘管所謂「**兩岸三地**」（「內地、香港、臺灣」）的電影製作「合作」有日，但《讓子彈飛》畢竟具有非常鮮明的內地電影血統和精神氣質，用來競爭「金像獎」多少有「串行」的感覺。這是因為，香港電影生成的歷史文化背景，不僅與中國大陸電影多有不同，而且歷史彌久。

作為自古以來的中國領土，香港從 19 世紀中後葉被割讓成為英國的殖民地前後，一直是中國社會和中國文化必要的組成部分。到 20 世紀 40 年代中後期，這種「必要」雖然演變為「重要」，但相對於整個中國文化，還是處於邊緣，至少是中國主流文化視野中的邊緣。1949 年以後，香港的文化地位和重要性就此確立並變得更為重要，而且這種地位和重要已經突破了字面意義。

實際上，隨著國共內戰後的新政權成立，大陸和臺灣隔岸而治，香港的文化成分亦隨之發生重大變化。簡而言之，從 1940 年代中後期一直到 1970 年代，香港文化的構成基礎和成分，整體上可以視為被大陸移民文化覆蓋、交融後的面貌。即一方面，香港的歷史背景根植於大陸，另一方面又呈現出移民所具有的文化特色和面貌，（其中，又大致可以視為是以江南文化和嶺南文化為代表的南方文化及其與中國大陸北方文化的大融合）〔註2〕；如果再比較一下1950 年的香港居民和目前人口的比例就會發現，接近一半的港人來自內地〔註3〕。

〔註 2〕眾多內地難民湧進香港的「逃港現象」，從 1950 年代一直持續到 1970 年代末期，「根據陳秉安掌握的資料，在目前可以查閱到的文件裏，從 1955 年開始出現逃港現象起，深圳歷史上總共出現過 4 次大規模的逃港潮，分別是 1957 年、1962 年、1972 年和 1979 年，共計 56 萬人（次）；參與者來自廣東、湖南、湖北、江西、廣西等全國 12 個省、62 個市（縣）」（《學者記錄深圳 30 年前大逃港百萬內地人曾越境香港》〔〔EB/OL〕.http://news.china.com.cn/txt/2010-12/08/content_21501779.htm〔登錄時間：2012-08-07〕）.

〔註 3〕據《深圳尚欠一座逃港遇難者紀念碑》一文披露，「持續三十多年的逃港潮總共逃了多少人口，恐怕難以得出權威結論。1950 年，香港僅 200 萬人口，按正常人口繁衍增長到頂了達到 400 萬，現在香港總人口為 700 萬，這意味著接近一半的香港人口增長來自逃港潮」（〔EB/OL〕.http://blog.ifeng.com/article/11474673.html〔登錄時間：2012-08-07〕）.

圖片說明：這個畫面讓人觸目驚心，因為一旦深入解讀，就會將其視為一幅被高度濃縮的香港歷史圖景。它既可以解釋香港居民的歷史性來由和構成，也可以從當下體味當事人的境遇和精神世界。

而恰恰是從 1970 年代開始，香港的本土文化色彩才定性並顯示出來。研究者對香港電影歷史階段的劃分，與上述文化的變遷階段大致相等，甚至多有重合。譬如周承人教授和李以莊教授認為，1897～1945 年，是香港電影的早期階段；1945～1973 年，在國際冷戰的大背景下，香港電影處於國、粵雙語共存，左右分立，社會、經濟轉型和文化嬗變的階段；1973～1997，從香港經濟起飛到香港主權回歸，進入現代化與本土化的階段[7]。

所以，任何一部香港電影，無論是屬於 1950 年代、1960 年代，還是 1970 年代，乃至 2000 以後製作出品的，其實都是香港歷史、社會尤其是文化的必然組成部分。《桃姐》就是如此，只不過，2012 年的《桃姐》所昭示和顯示的，是已經被廣泛承認和認可的香港文化。在此情形下，《讓子彈飛》焉有不「敗」之理？

儘管是老年生活題材，但《桃姐》的主題是明白無誤的，那就是香港本土文化的影像記錄。片頭的序言，其實已經非常清楚，茲照抄如下：

> 「本故事根據真人真事改編，鍾春桃，即桃姐，原籍台山，自幼家貧，出生不久即被人收養，養父在日本侵華期間被殺，養母無能力再照顧桃姐，輾轉之下，將桃姐安排到梁家充當家傭。自十三歲起桃姐先後照顧過梁家四代，共六十多年」。

本故事根据真人真事改编

锺春桃，即桃姐，

原籍台山，自幼家贫，

出生不久即被人收养，

养父在日本侵华其间被杀，

养母无能力再照顾桃姐，

辗转之下，将桃姐安排到梁家充当家佣。

自十三岁起桃姐先后照顾过梁家四代，

共六十多年。

稍微分析下這段片頭導語，你會發現它所蘊含的許多歷史信息。

首先，桃姐這個人物其實是香港居民和本土文化的最明顯的代表。台山位於珠江三角洲西南部，毗鄰港、澳，南臨南海。也就是說，桃姐的中國大陸祖籍，與香港居民中的移民結構有著直接的關聯。「養父日本侵華時期被殺」，指的就是 1940 年代；「養母無能力……輾轉之下」，這個過渡雖然模糊但歷史線索非常清晰。前者指的是抗戰，後者涵蓋了從國共內戰到 1949 年前後大批難民進入香港的歷史時期。這是非常鮮明的身份印記〔註4〕。

其次，桃姐從 13 歲起就為梁家服務，凡六十餘年，這個時間段恰好與 1949 年以後新中國成長的軌跡相吻合。換言之，桃姐這個地道香港人的文化根源，源自中國大陸，但是她精神世界中所體現的，是香港本土文化氣質——正如影片的片頭導語已經開宗明義挑明的主題那樣，講的是香港人自己的故事。

香港本土文化的第二個特徵，亦即香港電影的傳統或特徵之一，就是對日常生活體察入微、甚至不厭其煩地反映。香港電影之所以和大陸電影不一樣，與 1949 年前後中國社會發生歷史性大劇變有直接關聯。香港電影看上去面貌複雜，類型流變千頭萬緒，但只要回溯歷史就會明白，其源頭和傳統源自 1949 年前的民國時代。簡單地說，無論哪個時期的香港電影，其實看上去都特別像 1949 年前的中國電影〔註5〕。1949 年之前的中國電影，最鮮明的特徵之一就是對日常生活的關注與反映。

〔註 4〕列孚先生對桃姐的身世有更精彩深入的分析，實際上講的是一部香港女傭簡史[4]，而他對桃姐的一點判斷——「（也許她就是跟隨東家移居香港）」[4]——其實澄清了編導有意識地模糊之處。

〔註 5〕這種相像除了電影文化上的主流性的承接外，還有外在的承接和體現，那就是有大批的上海演藝界編、導、演人員輾轉流向香港。2012 年 7 月間，北京中國電影資料館小範圍地公映了兩部 1950 年代的香港影片，即李萍倩導演的《說謊世界》（1950）和朱石麟導演的《甜甜蜜蜜》（1959），如果略去片中的香港背景，簡直就是 1949 年之前的上海電影。這就是香港電影文化的源流。

　　作為市民文化的低端消費[8]，1920 年代是中國電影的舊市民電影時代，婚姻戀愛是其不變的主題[9]。1930 年代初期，「新興（生）電影」出現[10][11][12][13]，即使是以階級性、暴力性、革命性見長的左翼電影，也沒有消滅世俗性的一面，更不用說還有抽取左翼思想元素、全面承接舊市民電影庸俗性和保守性的新市民電影[14]。直到 1941 年年底，太平洋戰爭爆發、香港淪陷之前，香港電影製作和內地電影始終同步，**譬如舊市民電影、左翼電影、國防電影即抗戰電影都曾一度成為主流**。淪陷後的香港和內地淪陷區一樣，新市民電影成為主流[15]──1949 年之後至今的香港電影「主流」即「真正流行的……武打和喜劇片」[6]，其實就是往昔**舊市民電影的再生和新市民電影的延續**。

　　換言之，1949 年之前的中國電影，從未中斷的傳統之一就是對日常生活及其人情百態的表現，其中一個最直接簡單的例證，就是對人們的衣食住行尤其吃飯問題有非常大的篇幅和色彩濃重的關注，亦即幾乎都不會忽略任何場所的吃飯背景。反觀 1949 年以後的中國大陸電影，除了意識形態宣教貫穿始終外，人們的日常生活形態尤其是吃飯場景幾乎消失。直到 1980 年代之前，無論是何種題材、歌頌哪一個行業、頌揚哪一種精神，中國大陸電影基本都和「吃」沒有關聯。此前的「文革」時期，電影更只剩下戰天鬥地的階級鬥爭表達，但有與日常生活有關的譬如吃喝問題，那一定要用於反面人物身上〔註6〕。

　　而任何一部香港電影中都少不了與吃（喝）有關的、直接或間接的場景鏡頭，哪怕是黑幫警匪諜戰武打片——言情和喜劇更不用說——動不動就是「我們吃點東西吧」，或「你要不要吃碗麵？」諸如此類的臺詞。這個問題，可以以獲得香港電影金像獎的歷屆「最佳影片」為例，佐證如下。

　　按：「金像獎」1982 年開始頒布，至《桃姐》為第 31 屆（2012 年）；下列影片以獲獎時間順序排列，括號中前面的數字為獲獎年份(而非出品時間)；括號中後面的數字，為影片中出現的與吃（喝）相關的鏡頭或場景次數（最少次數）；除個別影片，其餘均為全片的統計數字）：

　　《父子情》（1982，8 處）；

　　《投奔怒海》（1983，14 處）；

　　《半邊人》（1984，12 處）；

　　《似水流年》（1985，網上 18 分鐘的視頻中至少出現 3 處）；

　　《警察故事》（1986，3 處）；

　　《英雄本色》（1987，7 處）；

　　《秋天的童話》（1988，12 處）；

　　《胭脂扣》（1989，7 處）；

　　《飛越黃昏》（1990，13 處）；

〔註 6〕譬如，戰爭題材的影片中，「皇軍」和偽軍搶糧食（《地雷戰》，1962）、搶雞（《地道戰》，1965）、搶羊（《雞毛信》，1954）、搶西瓜（《小兵張嘎》，1963），國民黨軍隊大吃大喝、無心戰事（《兵臨城下》，1964），土匪特務胡吃海喝、醉生夢死（《英雄虎膽》，1958）。相反，正面人物幾乎從來不吃不喝，似乎唯一的例外是「文革」時期的樣板戲之一《龍江頌》（1972），女支部書記帶領人們搶修水壩，一個老貧農給她煮了碗雞湯勸她喝上一口——為的是繼續帶領群眾幹革命，（對這個問題的進一步討論，敬請關注我即將發表的專題文章）。

《阿飛正傳》（1991，5 處）；

《跛豪》（1992，20 處）；

《籠民》（1993，14 處）；

《新不了情》（1994，13 處）；

《重慶森林》（1995，34 處）；

《女人四十》（1996，10 處）；

《甜蜜蜜》（1997，7 處）；

《香港製造》（1998，5 處）；

《野獸刑警》（1999，20 處）；

《千言萬語》（2000，10 處）；

《臥虎藏龍》（2001，8 處）；

《少林足球》（2002，11 處）；

《無間道》（2003，9 處）；

《大塊頭有大智慧》（2004，7 處）；

《工夫》（2005，12 處）；

《黑社會》（2006，10 處）；

《父子》（2007，14 處）；

《投名狀》（2008，7 處）；

《葉問》（2009，6 處）；

《十月圍城》（2010，7 處）；

《打擂臺》（2011，6 處）。

重申我的結論，香港電影中的吃（喝）場景由來已久，源頭在上海電影，重視在 1949 年以後，它們是港人現實生活處境中吃飯問題不易解決的自然反映。而當困難時期過去以後，形成的是行業傳統，也就是電影生產和電影文化的一個重要組成部分。〔註 7〕

換言之，這並不是簡單的、電影拍攝的一個現象、一個特色，而是有非常深刻的歷史和社會成因。說白了，1949 年以後的香港電影，主題思想始終圍繞和關注民生問題，亦即以往「王以民為天，民以食為天」的思想和文化體現。

〔註 7〕以上段落中的數據由鍾端梧統計完成，特此鳴謝。此外，這幾段在本書初版時原本放在這個注釋中，但因為篇幅較長，考慮到排版的頁下注格式會打亂和壓縮正文的正常空間，故將其插入正文。特此說明。

　　如果就此再具體地分析下來，港產影片中對於吃（喝）場景的安排，應該還有一個功利化的目的，那就是直接解決劇組和演員的現實生計問題。別忘了，生存問題始終是占香港人口一半的難民／移民的首要問題。況且，影片的題材和主題乃至情節發展，並不妨礙吃（喝）場景的安排──從技術上說，這是一個很好解決的簡單環節。如果題材和主題與此有直接關聯，那就更順理成章，《桃姐》便是如此。影片一開始就是桃姐出場買菜、選菜，回去做菜，之後才是片頭字幕。接下來，你會從片中發現大量表現吃（喝）的場景。

　　統計表明，《桃姐》全片時長 7080 秒（118 分鐘左右），其中與吃（喝）有關的場景 19 處，鏡頭 84 個，時長總計 1134 秒（18 分 54 秒），約占全片總時長的 16%（詳見戊、多餘的話之寅、吃喝場景與鏡頭統計）〔註8〕。

　　需要再次強調的是，香港電影與其說是表現衣食住行或吃飯問題，倒不如說吃飯或生存問題，始終是香港歷史尤其電影文化繞不開的主題思想。只不過，《桃姐》主人公的保姆（女傭）身份的特殊性，更可以直接明瞭地說明香港電影的特殊性和文化性、更加鮮明地體現了香港電影的歷史社會生態和文化生成成因而已。

〔註 8〕本書初版時的具體場景和鏡頭統計本應該放到這裡，但因為篇幅較長，頁下注的格式會使正文排版缺乏足夠空間、視覺上不夠美觀，故挪移至正文末尾，列為戊、多餘的話之寅。而數據統計、製表與覆核工作，皆由李彙雄負責完成，特此鳴謝。

丙、《桃姐》：人倫親情背後的移民情結和影片的文化消費結構

　　人倫親情是中國文化中的重要組成部分。這句有用的廢話針對的是 1949 年後香港電影和中國大陸電影的迥異，因為後者中的人倫親情完全被意識形態覆蓋和遮蔽，被階級性和黨性替代。而香港電影從整體上說很少受到意識形態如此粗暴直接的制約，《桃姐》是最新證據之一。桃姐跟東家沒有血緣關聯，但雙方的主、傭關係，隨著時間的推移，雖不敢說完全超越，但至少是平等或幾乎等同於血緣關係，譬如少東家後來稱桃姐為「乾媽」（影片 84 分 41 秒）。這與其說是人物情感發展的自然體現，倒不如說它反映了香港社會六十多年來，從外來的移民文化到本土文化轉變過程中內在的、非血緣的邏輯承接關係。

　　如果認為《桃姐》講了一個表現人倫親情的道德故事，那就和歷史上的舊市民電影沒有區別。舊市民電影之所以被新電影之一的新市民電影取代，關鍵就在於後者中的人倫親情和道德理念具有鮮明的時代特徵。《桃姐》用的是大眾化的故事框架，傭人桃姐六十多年的服務歷程與電影的主題有暗含之處，客觀上具有影射和表達 1949 年以後香港／大陸移民歷史脈絡的涵義，或者說，是對香港底層民眾在社會大動盪背景下的生存歷程回顧。正因如此，東家和桃姐的主僕情感就不是一般意義上的主僕關係。

換句話說，他們的主僕關係不是以往的太平年代所形成的，譬如古典文學中表現的「忠僕義主」模式。《桃姐》的特殊點在於，桃姐到香港本身就是中國社會動盪的直接結果：「養父日本侵華時期被殺」；後一句尤其重要：「養母無能力再照顧桃姐，輾轉之下，將桃姐安排到梁家充當家傭」。有專家注意到了這個關節，說，「也許她就是跟隨東家移居香港」的[4]。這個推測，其實是切中要害之語。

要而言之，《桃姐》表達的主僕關係及其發展歷程，是中國社會近百年來人倫關係的縮影。因此，老少東家對僕人的關照，或曰桃姐對主人的忠誠就具有鮮明的時代特徵，即不無悲劇色彩。這是因為，桃姐來到香港，其實是與東家一樣，也沒有逃脫被「收留」、即難民─移民的命運。而且，這種移居／遷居並沒有因為時間的流逝而停止。影片交代得很清楚，少東家成年後，父母和兄弟又都先後移居海外，少東家的母親（**東家主母**）即使回香港，也只是來看一下兒子，並沒有住下的打算。

與此同時，少東家一輩的其他兄弟姐妹不僅已經移居外國有日，還在別國他鄉有了下一代。對桃姐來說，這個由多元民族和文化組成的大家族已經到了第五代。也就是說，東家第一代本就是外來的移民，而從第二代開始，作為香港人又到海外扎根結果，這一家族的離開──某種意義上的「逃難」即移民──歷程始終沒有停止。

　　所以,桃姐與東家之間的人倫親情就有一種特殊的悲情意味。因為,雖然主僕情深,但桃姐年事已高,不能夠追隨東家到海外繼續為他們服務,未來對她來說已經無處可去。而少東家羅傑(Roger)之所以從海外學成以後還留守香港,不過是以此為落腳點而謀求在內地的事業發展。因此,這對主僕的情感就有一種無可奈何的歷史宿命感摻雜其中,二者在感情上形成的依賴與其說是倫理上的聯繫,不如說更多的是生活中的慣性。譬如羅傑的衣食住行一向皆由桃姐操心,桃姐住院後羅傑的個人生活立即一團糟,以至於衣衫不整被公司裏的前臺小姐看作是修空調的工人。

　　影片中那場桃姐面試傭人的戲,並不僅僅是「段子」式的調節氣氛安排,它要表達的是,未來的傭人不論來自何方,都不會像桃姐那般忠誠肯幹,因為難民／移民的歷史背景已經消失,來應試的無非是淘金機會而不是同甘共苦的情感再續。也就是說,隨著桃姐的「病退」,當下港人的主僕關係已然不復當年的倫理基礎、不再具有當年的歷史邏輯和時代色彩──當年的主僕是相依為命,共同寄人籬下的,看上去是桃姐為主人服務,實際上主人也是寄人籬下。因此,《桃姐》所體現的人倫親情已不是個案表現,也不僅僅是對桃姐終老期間的關愛,而是表明著那個時代的終結,即人倫親情的歷史性的和時代性的終結。

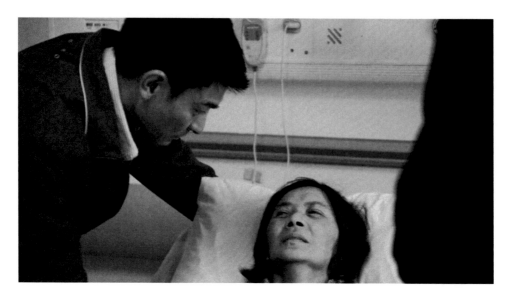

　　所謂《桃姐》的文化消費性結構，一定要先從 1930 年代新市民電影的出現談起。中國新市民電影的主要特徵就是在抽取左翼電影思想元素的同時，以新技術手段和喜劇性結構滿足市場需求，這與左翼電影的革命理念宣傳主旨大異其趣。雖然左翼電影也是新電影形態之一，從電影的屬性上說同樣是文化消費，但新市民電影更注重其文化消費的日常性[15]。之所以將《桃姐》歸屬於 1930 年代以來持續發展、未曾中斷的新市民電影，是因為 1949 年以後的香港電影（包括主流的武打片、言情片），文化性消費是涵蓋一切的特徵。《桃姐》中的例證不勝枚舉，試選取一二如次。

　　第一，互文。

　　這裡指的是演員與扮演的角色之間形成的對應觀賞關係〔註 9〕。譬如觀眾看劉德華扮演的人物的同時也是看劉本人，因為對觀眾來說這二者是可以隨時轉換的。這種有趣的情形其實是一種消費性文化現象，其中包括明星效應。《桃姐》中人物的扮演者尤其是客串，大多具有這種雙重功能，能讓觀眾產生「『數星星』的快感」[5]。

　　譬如就我所知，就有洪金寶、徐克，黃秋生、于冬、寧浩、宮雪花等人，（最後這位，是我唯一有信心一眼認出的。伊是 1995 年香港「亞洲電視」評

〔註 9〕根據《辭海》的解釋，「互文」的含義為：「1、謂上下文義互相闡發，互相補足；2、指錯綜使用同義詞以避免字面重複的修辭手法；3、指互有歧義的條文」。源自：辭海在線查詢「互文」〔EB/OL〕http://www.k366.com/gj/cihai/two.asp?id=19043〔登錄時間：2013-02-18〕.

選出的「亞洲小姐」前五名之一）〔註 10〕。他們和他們本人在製片中的角色
（于、劉是《桃姐》的出品人），又形成巧妙的補充，何況劉扮演的 Roger 本
身就是從事影視製作的，他和以投資人身份出現的于冬，還有扮作養老院老
闆的黃秋生，調侃最近拍了個電影叫《三國》〔註 11〕。

〔註 10〕 由於大陸和香港隔離數十年，最初內地人並不清楚「亞洲小姐」和「香港小
姐」的區別，以為是像自己的什麼選美活動一樣，只此一家，別無分號。對
我來說，她就是香港小姐的代表，而且多年來一直只知道這一位。當初記住
的緣由好像是她那年和內地西北的一個知名作家有段風花雪月的故事，當時
沸沸揚揚的。按：「亞洲小姐」與「香港小姐」不同，香港「亞洲小姐」是由
香港亞洲電視舉辦的選美活動，於 1985 年首辦，期間曾一度停辦，在 2004
年復辦。「香港小姐」則 1946 年開始出現，原由私人機構在酒店舉辦。直至
1973 年，香港電視廣播有限公司開始舉辦每年一度的香港小姐選舉，之後才
統一由無線電視舉辦。參見：互動百科「亞洲小姐」：〔EB/OL〕.http://
www.baike.com/wiki/%E4%BA%9A%E6%B4%B2%E5%B0%8F%E5%A7%90〔登
錄時間：2012-08-20〕。不管類似的客串是否出於編導的刻意安排，但客觀上
好處多多。一是增加影片賣點，二是可以最大可能地讓觀眾消費明星自有的
資源。當然，這種事情對明星／名人來說也不會蝕本兒，嚴格地說，這些人
物從此獲得的名利還不是一般意義的小名小利。
〔註 11〕 這個段子式的插曲其實也可以歸入影片對社會熱點問題即時反映的屬性。劉
德華扮演的人物之所以與其本人形成互文現象，是因為從 1997 年以後，香港
電影業本土的發展勢頭受到阻礙，大批香港演藝界人士來到內地淘金。影片
中提到說要拍《三國》，顯然不是憑空捏造的臺詞。少東家到處奔波，你看那
外景，絕對不是香港只能是內地。因此，《桃姐》在一定程度上是對眾多香港
演藝界人士在內地淘金生活的曲折反映。

第二，小品穿插。

香港電影的這種消費性，與其說是來自都市文化的影響，倒不如說來自 1949 年前中國電影就已形成的製作理念，也就是新市民電影喜劇性結構的特點：講究細節和人物，經常安排笑點、包袱和段子。《桃姐》的主題不無沉重，但導演卻有閒筆安排幾個有意思的人物場景。譬如監製和兩大導演從老闆那騙了錢去飯館吃飯，一個服務員是胖妞，另一個也是；再一個例子就是養老院裏那位四處借錢找小姐的堅叔，扮演者之所以獲得「最佳男配角獎」，顯然不在演技而在戲份。至於影片開頭菜販們捉弄桃姐那場戲，也是如此功能。

新市民電影的喜劇性結構源自舊市民電影的噱頭和鬧劇，二者的定制標準有共通之處，即讓電影好看和好玩。對中國電影歷史的發展而言，香港一直比大陸做得好，原因是對傳統的承接從未中斷〔註12〕。

第三，社會熱點問題的電影化消費。

香港電影的一個傳統，就是對社會問題尤其熱點問題給予即時反應，這

〔註12〕對中國大陸觀眾來說，電影中的明星即時化消費，即能獨立於影片敘事而單獨對明星進行情感性文化消費，其濫觴之作是《建國大業》（2009）。其里程碑的意義在於，人們再不單純把電影當作「受教育」或讀取歷史「信息」的影像文本，而是消費產品的同時主動地獲取尋找新的消費熱點，譬如「數星星」。這一點對香港電影來說不是新玩意，《桃姐》中眾多明星的客串，我相信一方面，其最根本的動力來自公益精神，（雖然說更大的「利」在於無利），其次才是明星效應。再其次，既可能來自導演的二度創作，更可能來自製作成本的考量。但可以肯定的是，最終是觀眾和明星（名人）雙贏。

傳統的形成首先應回溯到香港電影的由來，即源自 1949 年之前的中國電影。譬如 1920～1940 年代，無論舊市民電影、新市民電影還是國粹電影（新民族主義電影），乃至左翼電影、國防電影、抗戰電影，無不是社會時代精神的反映[14]。

　　1949 年後的中國大陸電影與臺灣電影，有相當長的時期都被意識形態宣教遮蔽，香港電影則完全傳承中國早期電影精神，即對社會問題尤其是熱點問題的即時關注和反映。譬如除了香港社會的老齡化問題〔註 13〕，《桃姐》還對香港藝人到內地打拼現象有所表述。

丁、結語

　　依我看，《桃姐》是香港主流電影——新市民電影路數的又一例證。因為新市民電影的最後一個特徵，就是庸俗思想或曰大眾庸俗哲學的反映。《桃姐》在某程度上可以看作是香港製作的「空巢家庭」單人版，與中國大陸已經成規模的「空巢家庭」現象相對應。所謂「空巢家庭」，就是子女長大成人後外出謀生，只剩下老人獨自留守祖屋、寂寞過活。

〔註 13〕據 2011 年香港特區政府統計處公布的最新《分區人口及住戶統計資料》顯示，截止到 2011 年，65 歲或以上人口占總人口比例為 12.2%，（來源：新華網《香港人口老齡化問題加劇》，〔EB/OL〕.http://news.xinhuanet.com/gangao/2011-04/01/c_121257269.htm〔登錄時間：2012-08-07〕）。老人養老問題隨著一代又一代香港人的成長而變得越來越突出，尤其是 1997 年前後，大批港人移居海外，留在香港的老年人問題愈發突出，桃姐正是這樣群體的代表。這當然屬於社會熱點問題。

　　桃姐雖說與少東家親如家人，但「兒子」長年在外奔波，形成的是事實上的空巢之家。她自己病倒（中風）後明白，自己照顧不了別人也照顧不了自己，最好的出路就是辭去工作，住養老院了此一生。死亡和死亡問題是天大的事情，同時也是庸俗的事情——人人都要如此這般，這不是庸俗是什麼？——而對待問題的態度和行為，從來都是哲學理念在起作用。《桃姐》告訴人們的哲理雖說淺白，雖說不見的人人適用，但至少也是一種人生道理。這也是新市民電影自出現之日起，至今歷經數十年而長盛不衰的原因之一。

　　縱觀中國電影歷史，自1940年代中後期趨於成熟之日起，一方面，香港電影不間斷地、完全徹底地承接了中國早期電影即1949年前民國時期的優良傳統，並始終能夠與時俱進，最終與大陸電影和臺灣電影三足鼎立——華語電影的全球化進程，其實始自香港電影的巨大貢獻，尤其是1950～1970年代的鼎盛。香港電影與時代精神同步的具體體現之一，就是既能即時反映社會時代的變遷，同時又隨時滿足文化消費的熱點與旺點。譬如當年武俠片的興盛，其實是對大批湧入香港的內地難民的文化精神訴求的滿足和反應。

　　另一方面，從1970年代末期開始，隨著中國大陸對香港的單向度開放，香港電影又對包括電視在內的大陸影像製作和生產，從整體上具有藝術性和消費性的導向作用。譬如1980年代合拍片《少林寺》（1982），以及當時遍布大街小巷、數目眾多的錄像廳——對幾代中國大陸觀眾的精神成長和文化審美建構產生的影響至今功不可沒。

　　2000 年前後的香港電影，依然擔負著對中國大陸電影的精神指導作用，《桃姐》即是如此。因為影片所反映的港人老齡化問題，在一定程度上讓內地觀眾意識到了自身的社會前景。根據 2010 年中國大陸第六次人口普查數據，60 歲和 65 歲以上人口已經逼近 3 億，占總人口數的 22.13%〔註14〕。如果說，《桃姐》的老年題材是世界性的，那麼主題思想和文化韻味卻是香港的；如果說，以往的歷史證明著香港電影的活力，那麼《桃姐》的獲獎證明了香港電影依然還在繼往開來。

　　香港電影始終是香港本土社會和本土文化的影像化表達，《桃姐》是為香港而拍，所表現的是香港民眾在中國文化背景內獨特的人倫親情和人生旅程。從這個意義上說，香港最高獎項「金像獎」的獲得是理所當然水到渠成，而更能體現中國大陸文化生態和精神風貌的《讓子彈飛》，雖然也屬於新市民電影並成就顯著，但顯然無法納入香港電影的文化視野和歷史邏輯。

　　原因很簡單：文化生態不同，話語場域有異。

〔註14〕根據 2010 年 11 月 1 日零時截止的中國大陸第六次人口普查報告：「大陸 31 個省、自治區、直轄市和現役軍人的人口中，0-14 歲人口為 222459737 人，占 16.60%；15-59 歲人口為 939616410 人，占 70.14%；60 歲及以上人口為 177648705 人，占 13.26%，其中 65 歲及以上人口為 118831709 人，占 8.87%。同 2000 年第五次全國人口普查相比，0-14 歲人口的比重下降 6.29 個百分點，15-59 歲人口的比重上升 3.36 個百分點，60 歲及以上人口的比重上升 2.93 個百分點，65 歲及以上人口的比重上升 1.91 個百分點」（百度百科詞條：「第六次全國人口普查」〔EB/OL〕.http://baike.baidu.com/view/4507294.htm〔登錄時間：2012-07-27〕）。而最新研究顯示，到 2055 年，中國大陸 60 歲以上的退休人口將超過 5 億，占世界總數的四分之一〔16〕。

戊、多餘的話

子、語言和配音

剛看片子的時候我想，拍的時候是按哪一個版本拍的，粵語還是普通話？從常識上說，香港電影不可能在香港放映普通話版吧。後來查到，影片出品時就做了兩個版本。這顯然是有針對性的，即粵語版給香港，普通話版投放內地市場。問題是，那些臺詞都是演員自己配的音嗎？一查，劉德華、徐克和洪金寶是自己親自配[17]。

之所以談到這個問題，由頭是宮雪花扮演的那個養老院前臺小姐（院長的相好），她說的普通話，是帶有鮮明的地域色彩的上海普通話──不知道對不對。繼而推測，這顯然是針對中國內地觀眾給出的角色和語言。1997 年香港主權回歸中國大陸後，電影市場與其說是得到保障，不如說大為萎縮。證據就是它必須向內地擴張──事實也是如此。

丑、「好人」和「壞人」

中國內地觀眾對電影中的人物向來都有「好人」和「壞人」的二元判斷習俗，這是有歷史傳統和文化邏輯的。譬如 1970 年代「文革」時期人們看電影，小夥伴們最常用的就是這兩個判斷詞語。但這種初級階段的二元判斷，不適用於《桃姐》這樣的電影。

《桃姐》中的「好人」沒有問題，好到極端。譬如主人和僕人，還有少東家的那些朋友。「壞人」只是「小壞」，夠不上大奸大惡。譬如那個賴著不肯走的房客，以及那個仗義攆走他的「黑社會」人員──那是少東家讓他那個辦養老院的哥們兒找了一些人冒充的。

　　說到這裡，還得說這要歸於新市民電影的基本屬性，即不會和主流社會和主流價值觀念對峙，偶而冒點「壞水」不打緊，不過是給觀眾看一樂子。

寅、吃喝場景與鏡頭統計

以下是《桃姐》中與吃（喝）相關的場景和鏡頭統計，值得關注：

鏡頭起點-終點	時長	鏡　頭	景　別	情　節
02：31-02：33	2 秒	固	中景	桃姐買菜
02：33-02：45	12 秒	跟	中景	桃姐買菜
02：45-02：52	7 秒	左搖-右搖	特寫	街坊買菜
02：52-03：00	8 秒	固	中景	街坊買菜
03：00-03：16	16 秒	固-左搖	中景	街坊買菜
03：16-03：18	2 秒	固	遠景	桃姐買菜
03：21-03：27	6 秒	固	近景	桃姐買菜
03：27-03：36	9 秒	跟	近景	桃姐買菜
03：41-03：44	3 秒	固	近景	賣菜的說話
04：10-04：14	4 秒	固	近景	桃姐挑蒜
04：14-04：19	5 秒	固	近景	桃姐挑蒜
04：19-04：25	6 秒	固-上搖	近景	桃姐挑蒜
05：29-05：31	2 秒	固	近景	桌上的菜
05：31-06：22	51 秒	固	近景	羅傑在吃飯，桃姐端菜
06：22-06：41	19 秒	固	中景	桃姐給小貓餵飯
06：41-06：45	4 秒	固	近景	小貓吃飯

06：45-06：49	4 秒	固	近景	羅傑在吃飯
06：49-06：57	8 秒	固	中景	羅傑吃完擦手
06：57-07：01	4 秒	固	中景	桃姐在廚房端吃的出去
07：01-07：21	20 秒	固-右搖	中景	桃姐把吃的端給羅傑
07：21-07：33	12 秒	固	全景	桃姐從廚房出來跟羅傑說話
07：33-07：49	16 秒	固	中景	羅傑邊吃邊說
07：49-08：13	24 秒	固	全景	桃姐邊吃邊說
10：04-10：07	3 秒	固	中景	吃飯的地方街景
10：07-10：10	3 秒	固	中景	吃飯的地方街景
10：10-10：21	11 秒	固	近景	羅傑和導演們準備吃飯
10：21-10：34	13 秒	固	特寫	羅傑說話
10：34-10：43	9 秒	固	特寫	羅傑和導演們準備吃飯
10：43-11：27	44 秒	固-右搖-左搖-右搖-固	近景	洪金寶點菜
11：27-11：37	10 秒	固	遠景	羅傑和導演們吃飯
11：37-11：47	10 秒	固	特寫	炒蒜加姜片
11：47-11：54	7 秒	固	特寫	炒蒜加姜片後添水
11：54-11：57	3 秒	固	近景	炒蒜加姜片後添水
11：57-12：04	7 秒	固	特寫	放別的配料
12：04-12：17	13 秒	固	近景	烹飪牛舌
18：35-18：57	22 秒	固	近景	桃姐在醫院病床上準備喝水吃飯
19：21-20：00	39 秒	固-左搖-推-右搖	全景	桃姐讓羅傑去吃飯，羅傑說話
30：13-30：21	8 秒	跟	中景	老人院護工叫吃飯
30：21-30：31	10 秒	右搖	近景	護工餵飯
30：31-30：36	5 秒	固-右搖	近景	護工餵飯
30：36-30：40	4 秒	固	中景	護工餵飯
30：40-30：48	8 秒	固	中景	護工餵飯
30：48-30：56	8 秒	固	中景	老人們吃飯
30：56-31：13	17 秒	固-右搖-左搖	特寫	老人們吃飯，掉飯
31：13-31：15	2 秒	固	特寫	掉飯的老人吃飯
31：52-31：54	2 秒	固	特寫	飯菜
32：09-32：14	5 秒	固	特寫	桃姐看著飯菜
44：47-44：50	3 秒	固	近景	羅傑和桃姐進餐館

44：50-45：45	55 秒	固	中景	羅傑和桃姐進餐館坐下點菜
45：45-46：24	39 秒	左右搖	近景	羅傑和桃姐吃飯
46：24-47：08	44 秒	固	近景	羅傑給桃姐分飯菜，兩人講話
48：19-48：22	3 秒	固	中景	羅傑同學在羅傑冰箱裏拿出牛舌
48：22-48：49	27 秒	左右搖	中景	羅傑同學們討論吃牛舌
48：49-48：55	6 秒	固	特寫	羅傑同學們在牛舌上刷油
48：55-49：02	7 秒	固	特寫	羅傑同學們切牛舌
49：02-49：10	8 秒	左右搖	近景	羅傑和同學們搶牛舌吃
49：10-49：18	8 秒	左右搖	近景	羅傑和同學們吃牛舌
49：49-49：50	1 秒	固	特寫	羅傑和同學們吃剩的牛舌
56：53-56：56	3 秒	固	近景	羅傑在廚房
57：12-57：50	38 秒	左搖-固	中景	羅傑讓桃姐吃生熟薏米羹
62：52-62：55	3 秒	固	近景	桃姐提問工人煮飯鍋問題
66：17-66：41	24 秒	固	中景	堅叔給桃姐送蛋撻
67：51-68：19	28 秒	固	中景	羅傑媽給桃姐吃燕窩
68：19-68：49	30 秒	固	近景	羅傑媽給桃姐吃燕窩
68：49-69：00	11 秒	固	中景	桃姐吃燕窩
69：00-69：06	6 秒	固	近景	桃姐說燕窩腥
71：41-72：02	21 秒	固	中景	桃姐的老人院朋友們想吃燕窩，桃姐給大家分
74：04-74：28	24 秒	固	中景	羅傑給媽媽端水喝
74：28-74：41	13 秒	固	特寫	羅傑媽媽喝水
80：26-80：30	4 秒	固	中景	蔡姑娘和桃姐在老人院吃瓜子
80：37-81：37	60 秒	固	近景	蔡姑娘吃瓜子和桃姐說話
93：00-93：05	5 秒	固	遠景	桃姐在老人院裏吃飯
93：05-93：20	2 秒	固	特寫	桃姐夾一塊腐乳
99：47-99：55	8 秒	固	全景	羅傑媽媽給桃姐喝水
99：55-100：24	29 秒	拉	近景	桃姐喝水
100：24-100：26	2 秒	固	近景	冰箱
100：26-100：58	32 秒	拉	中景-全景	羅傑媽媽和桃姐說吃西瓜
102：16-102：21	5 秒	固	中景	中秋節探視老人院的人分發食品
102：21-102：25	4 秒	固	中景	分發食品
102：25-102：42	17 秒	固	中景	分發食品

102：42-102：47	5秒	固	中景	分發食品
102：47-102：51	4秒	右搖	近景	蔡姑娘問食品為什麼要收回去
102：51-102：55	4秒	固	特寫	這幫人收回食品
109：26-110：09	43秒	固-下搖	近景	羅傑在醫院吃泡麵

卯、名言警句

好電影之所以值得一看，就是有些臺詞當時看時聽到很有意思，以後想起也回味無窮。這個意思也適用於一般電影，一個片子能讓人記住一兩句名言警句，也算是沒有白看。《桃姐》中就有，第一個是秦沛扮演的堅叔講的：「人沒有興趣是會死的」。

這老哥的興趣就是找洗頭妹約會，這個興趣不能說是不高尚的、也不能說是猥瑣的，因為它至少說明老人的身體正常。這句話好就好在不僅道出人生真相，而且還能身體力行。人沒有興趣的確會死的，正像沒有興趣看電影那就無聊死了。

這個人物被命名為堅叔，倒與這句名言般配，而且有兩層含義，一個是老伯堅持不懈地對性感興趣（堅定、**堅硬**的堅），第二，性易生「奸」（奸詐的奸）──他可不是為了約會而到處欺騙式地借人家錢麼？

還有句臺詞，少東家說的，對中國大陸情形的概括，曰：「他們開會好像聚餐一樣」。這句話歸為名言，令我等不無悲哀，因為這的確是對中國內地社會現實情況的反映。

還有句經典臺詞是桃姐說的：「爛扇無風，人老無用」，扇子爛了和人老了一樣，在還在，但沒用處了；話醜理兒不歪。

最後一句，少東家對病床上的桃姐說：「笑到肚子疼比哭到心痛好」。名言。問題是，生活的真實面目並不總是非此即彼，有時候讓你笑到肚子疼有時候也讓你哭到心痛，譬如近年來中國大陸微博上揭發的雷人雷事，層出不窮……。〔註15〕

〔註15〕本章文字的主體部分（不包括戊、多餘的話）約9000字，最初曾以《香港人的歷史移民情結與新市民電影的文化心理──以2012的〈桃姐〉為例》為題（與嚴玲共同署名），發表於《當代電影》2013年第11期（北京，月刊）。本章全文配圖版隨後作為第十二章，收入《新世紀中國電影讀片報告》。此次再版，除了恢復正文中被刪改的字句並以黑體字標示外，還新增了專業鏈接4：影片經典臺詞、篇末的英文摘要（雜誌發表版）、影片DVD碟片的三幅圖片，以及並列排版的三組（6幅）影片截圖。特此申明。

初稿日期：2012 年 7 月 31 日

初稿錄入：鍾端梧

二稿配圖：2013 年 2 月 12 日～5 月 7 日

圖文修訂：2016 年 6 月 4 日～7 日

新版修訂：2017 年 5 月 12 日～17 日

新版校訂：2020 年 4 月 1 日

參考文獻：

〔1〕百度百科〔EB/OL〕.http://baike.baidu.com/view/5073478.htm〔登陸時間：2012-07-20〕.

〔2〕百度百科「桃姐」〔EB/OL〕.http://baike.baidu.com/view/5073478.htm〔登錄時間：2013-02-12〕.

〔3〕鳳凰網〔EB/OL〕.http://ent.ifeng.com/zz/detail_2012_04/16/13918677_0.shtml〔登陸時間：2012-08-07〕.

〔4〕列孚.《桃姐》：簡單的深意〔J〕.北京：電影藝術，2012（3）：33～36.

〔5〕秦喜清.《桃姐》低調而華美的人性綻放〔J〕.北京：藝術評論，2012（4）：74～75.

〔6〕徐佳.許鞍華：走出「桃姐」之惑〔J〕.北京：第一財經日報，2012-03-05（C03）.

〔7〕周承人，李以莊.早期香港電影史：1897～1945〔M〕.上海人民出版社，2009：2～3.

〔8〕范伯群.「電戲」的最初輸入與中國早期影壇──為中國電影百年紀念而作〔J〕.江蘇大學學報（社會科學版），2005（5）：1～7.

〔9〕 袁慶豐.20 世紀 20 年代中國電影文化生態的低俗性及其實證讀解〔J〕.杭州師範大學學報，2009（4）：51～55.

〔10〕 李少白.中國電影史〔M〕.北京：高等教育出版社，2006：57.

〔11〕 陸弘石，舒曉明.中國電影史〔M〕.北京：文化藝術出版社，1998：41.

〔12〕 丁亞平.影像時代——中國電影簡史〔M〕.北京：中國廣播電視出版社，2008：51.

〔13〕 李道新.中國電影文化史〔M〕.北京：北京大學出版社，2005：145.

〔14〕 袁慶豐.1922～1936 年中國國產電影之流變——以現存的、公眾可以看到的文本作為實證支撐〔J〕.合肥：學術界，2009（5）：245～253.

〔15〕 袁慶豐.中國現代文學和早期中國電影的文化關聯——以 1922～1936 年國產電影為例〔J〕.北京：中國現代文學研究叢刊，2010（4）：13～26.

〔16〕【美】威廉·希爾頓.養老：被忽略的戰略新興產業〔J〕.北京：今日中國，2013（2）：46.

〔17〕《香港電影國語配音為何衰落》，麥克瘋發布於 2012 年 4 月 13 日〔EB/OL〕.http://i.mtime.com/mikephone/blog/7349506/〔登錄時間：2012-08-01〕.

2012：A Simple Life

Where is my way home？

Reading Guide：No matter what subject matter and types Hong Kong film is, it is always from the perspective of Hong Kong to write and reflect, meanwhile understood and expressed in the form of Hong Kong. The former can be regarded as the value and world view of Hong Kong Film, while the latter can be seen as the immigrant's thinking and cultural orientation in Hong Kong Film. *A Simple Life*, which won the highest Hong Kong Film Awards in 2012, is a case in point. All qualities of the film can be found in the context of Chinese film history. What lies behind the high box office and sentimental relations between master and servant is immigrants' psychological entanglements and immigrant complex of Hong Kong people over sixty years, which once again explains vulgar or public philosophy consistently existing in New Citizen Film.

Key words：Hong Kong culture; Hong Kong film; *A Simple Life*; immigrant; psychological immigrant; immigrant complex;

圖片說明：在中國大陸市場上公開銷售的《桃姐》DVD 碟片。

2013 年：《私人訂製》
──新市民電影常在常新

圖片說明：在中國大陸市場上公開銷售的《私人訂製》DVD 碟片之封面、封底。

內容指要：

　　2014 年的賀歲片《私人訂製》不是好不好看的問題，而是如何將其定型分類的問題。1930 年代的中國電影史上，曾經出現了左翼電影和新市民電影這樣性質和形式

有著鮮明區別的電影形態，而 1980 年代以後的大陸電影重演了這段歷史。不和主流價值發生正面衝突、秉承保守的社會批判立場、盡可能滿足觀眾對視覺奇觀效應的新需求，以及對庸常哲理內核的世俗化表達，這既是歷史上新市民電影的主要特徵，也是包括《私人訂製》在內新時代中新市民電影被人稱道或遭人詬病的主要原因。

關鍵詞：中國電影歷史；左翼電影；新市民電影；娛樂至上；《私人訂製》；

專業鏈接 1：《私人訂製》（故事片，彩色），華誼兄弟傳媒股份有限公司 2013
年出品；視頻，片長 113 分鐘。

>>> 編劇：王朔；導演：馮小剛；攝影指導：趙曉時；錄音指導：
吳江；美術設計：石海鷹；剪輯指導：肖洋；

>>> 主演：葛優（飾願望規劃師楊重）、范偉（飾想要當清官的
司機）、白百何（飾情境設計師小白）、李小璐（飾夢
境重建師小璐）、宋丹丹（飾清潔工丹姐）、李成儒（飾
導演）。

專業鏈接 2：影片獲獎情況：

2014 年第 4 屆豆瓣電影鑫像獎豆渣單元「最渣影片」（華語）
（提名）、「最渣導演」（華語）（提名）（馮小剛），第 4 屆豆瓣電
影鑫像獎鑫豆單元「最佳歌曲」（提名）。[1]

專業鏈接 3：影片鏡頭統計：

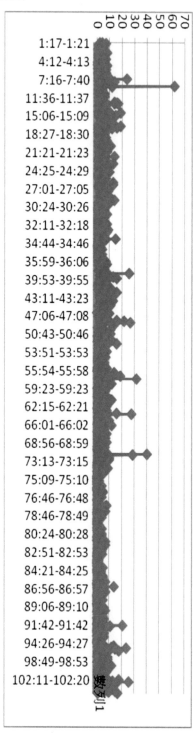

說明：全片時長 113 分鐘，共計 1685 個鏡頭。其中，小於和等於 5 秒的鏡頭 1414 個，大於 5 秒、小於和等於 10 秒的鏡頭 196 個，大於 10 秒、小於和等於 15 秒的鏡頭 45 個，大於 15 秒、小於和等於 20 秒的鏡頭 15 個，大於 20 秒、小於等於 25 秒的鏡頭 4 個，大於 25 秒、小於等於 30 秒的鏡頭 5 個，大於 30 秒、小於和等於 35 秒的鏡頭 1 個，大於 35 秒、小於和等於 40 秒的鏡頭 1 個，大於 40 秒、小於和等於 45 秒的鏡頭 1 個，大於 45 秒、小於和等於 55 秒的鏡頭 0 個，大於 55 秒、小於和等於 60 秒的鏡頭 1 個，大於 60 秒、小於和等於 65 秒的鏡頭 3 個，大於 65 秒、小於和等於 70 秒的鏡頭 2 個，大於 70 秒、小於和等於 75 秒以上的鏡頭 2 個，大於、75 秒小於和等於 80 秒以上的鏡頭 1 個；其中，30 秒以上的長鏡頭 5 個，共 491 秒，約占影片總時長的 6.25%。

（圖表製作與數據統計：玄莉群）

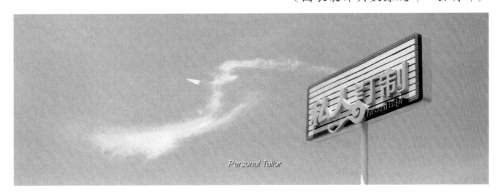

專業鏈接 4：影片經典臺詞選輯

「捫心自問，我覺得我真是不愛錢！我是頭兒了，待遇也有了，出門有車，進門有肉，我為什麼還要錢呢？錢不就是一堆紙嗎？」──「見著女的也不動心？」──「我不敢把話說死了，這可能是我一弱點，但是我想考驗一下我自己。決心有，像和尚一樣的工作和檢查，當一個清官很難嗎？又不是刀架脖子上逼著我貪！」──「是刀架脖子上不許你貪」──「給我絕對的權力，你們玩命腐蝕我，我讓你們全落空！你覺得我是在說夢話嗎？」──「我們的任務就是實現你的白日夢。」

「這個，那什麼，都挺好的哈？」──「囊空餅空鴨蛋鴨蛋炒大蔥？」──「蔥少醬多託夢咬個空！」──「託您的福，還過得去」──「這個，寒山寺都去了嗎？蘇州園林可以帶他們看一看，烤鴨就

不要老吃了，可以品嘗一下陽澄湖大閘蟹」──「井空水空瞳孔領空痛打馬達」──「你們兩個都是在語言學院學過中文的，就不要跟領導說你們那個亂七八糟的話了，好嗎？」──「你也不要說那些亂七八糟的話了，說普通話好嗎？」

「國內想見你的人特別多，我們一直給您壓著呢！」──「我跟你們四個說清楚，不要搞水至清則無魚，不要封鎖我，讓社會的不良風氣吹進來。我可以不收，但他們不可以不送！」

「遮著點兒您的手錶」──「馬秘書提醒的好，現在這個微博太厲害了！」──「是是是，煩人。誰都不許發微博啊？還有你，朋友圈也不行！」

「你以為有錢能使我推磨嗎？我讓你們乾著急，我就不給你們辦！」──「他、他讓我們這麼幹的！」──「讓你們的妄想全落空！我們的領導都被你這種人給帶壞了」。

「拒絕別人非常過癮。錢不揣在兜裏，拽別人臉上也是一種享受！我不揣你們的錢，你們永遠怕我。今天我要揣你們錢了，我該怕你們了！我想我的幾個領導，他們要有一個明白這個道理，也不至於全進去！」

「最大的問題是，雖然不貪，但也不辦事。為官一任，不犯錯誤，但也不作為，它也是一種腐敗呀！同志！」──「看來這個官，也不是好當的！」

「別怪我給您潑冷水，大導。不管多難看，只要是電影，就和雅不沾邊！」──「不可能吧？我們不是第八藝術嗎？」──「經過考證，你們電影是大眾娛樂，起源於走馬燈，根上就是一俗人樂」──「藝術不帶我們玩啦？」──「你們電影門檻多低呀！開門笑迎所有人。你們電影多便宜呀！人張畫賣好幾千萬，你們電影一千多畫面，賣不出二兩茶葉錢，你們電影走的是客流量！」──「我不同意你的觀點。書店也面對所有人，進門還沒座呢，賣的比我們還便宜，論賣相還沒我們好呢！」──「看書他也得認字啊，電影文盲都能坐那兒樂。跟你們有一拼的是相聲。是吧，楊老師？」

「導兒，這是我們幾個人給您湊的雅六條。四不，二堅持」──「哪四不啊？」──「不好看、不好聽、不好懂、不接地氣！」──

「那二堅持呢？」——「堅持審丑、堅持莫名其妙」——「這回靠點譜了！」

「我查了他們家族譜。秦，統一六國之後，叔牙的後人就流落到溫州。時光荏苒，白雲蒼狗。高山流水的琴譜早已失傳，但手法都藏在彈棉花裏。至今叔牙的後人還以彈棉花為生。連他們自己都不知道，自己為什麼彈棉花彈得這麼好」——「他肯嗎？」——「只要是做生意，就沒有不賣的，只是錢多少的問題！」——「我家業都給他！」

「腦子放空，沉下心來，什麼都不想！第一個蹦出來的念頭是什麼？」——「有錢！」

「二十輛卡車，裝滿了錢？」——「對！」——「全拉我們家去？卸哪兒呀？我們那胡同連三輪都進不去！」

「趁一千億的主，哪有自己開的門？知道什麼叫貴族嗎？」——「嗯」——「除吃飯不用人喂，做愛親力親為，剩下的事，沒自己伸手的！」——「不瞞您說，好些年都沒做過了！」——「都一樣！」——「那合著醬油瓶子倒了我都不扶？」——「鑽石掉了您都不撿！」

「買房子就非得住啊？我就不能空著啊？」——「故宮九千九百九十九間房子，皇上都住嗎？」

「這生日您過的開心嗎？」——「開心！窮了一輩子，買根蔥都得跟人饒頭蒜；這黃瓜芹菜再想吃，您不讓我一口價，我絕對捨不得買！今天，太闊了！」——「一直提著心怕您入不了戲，沒想到您還真沒辜負了馬青對您的一番好意」——「我知道，咱這不就是互相逗著玩嘛？」

「都是在刀刃上過日子，就像冬天穿了一件濕棉襖，知道怎麼講嗎？」——「脫下來冷，穿著更冷！」

「重複一下公司的誓言」——「成全別人，噁心自己！」——「好好幹，明年哥給你娶個嫂子！」——「謝謝哥哥，我一定好好幹，絕對不辜負哥哥對我的厚愛」——「瞎激動什麼呀？哥哥給你娶一嫂子，這事跟你有什麼關係？」

「陽光，我是來向你道歉的！雖然我們之間隔著厚厚的霾，但我還是想對你說，你是公平的，是我們犯了錯，讓自己陷進了深深的混沌裏。我該怎麼向你道歉，才能讓我們回到童年的記憶中？天空是湛藍的，空氣是清新的，陽光是明媚的。我知道你會說，你們太貪婪了！」

「我問他們，你為什麼變成這樣，他們說因為有煤，草原的下面已經被掏空了。他們還說每到雨季，隆隆的雷聲和大地的沉陷聲，就會在草原上此起彼伏。我不知道你還願不願意養育我們，我不知道你還能不能養育我們！」

「好多好多次了，我都想對你道個歉。他們說你是臭的，是黑的，是有毒的。我說，過去你是清澈的，是甘甜的。老話說，水是母親，兒女卻把你糟踐成這樣。我知道你已經忍無可忍了。不知道你是不是後悔，後悔給了我們生命？」

專業鏈接 5：影片觀賞推薦指數：★★☆☆☆☆

甲、《私人訂製》的電影形態歸屬

中國大陸 2014 年的賀歲片《私人訂製》，從 2013 年的 12 月 19 日就開始上市公映，據說「上映 4 天票房飆至 3.2 億，輕鬆刷新華語電影 4 天票房最高紀錄，以及華語電影最快破 3 億紀錄」[2]。對這個由三個故事組接成的片子，導演馮小剛分別用 5 分、6 分和 9 分來評價其「完整性」、「娛樂性」和「現實的批判性」[3]。

從 1990 年代中後期開始，馮小剛的「喜劇電影」尤其是「賀歲片」，譬如《甲方乙方》（1997）、《不見不散》（1999）、《沒完沒了》（1999）、《一聲歎息》（2000）、《大腕兒》（2001）、《手機》（2003）、《天下無賊》（2004）、《夜宴》（2006）、《集結號》（2007）、《非誠勿擾 1》（2008）、《唐山大地震》（2010）、《非誠勿擾 2》（2010）、《一九四二》（2012）等等，既形成了自己的風格，也陪伴著無數觀眾走過許多年。

因此，喜歡馮氏電影的人，自然要將《私人訂製》和以前的片子聯繫起來看待。面對馮小剛「就是想讓各位在新年能樂樂呵呵」的「初衷」[4]，如下好評就很正常了：

> 「好夢一日遊的創意和馮式幽默，十六年後依然令人感到親切。
> 調侃、諷刺、自嘲、環保，還有一種浮塵如夢的思考。這是回歸，
> 是知天命，是人們熟悉的馮式喜劇。成全別人，噁心自己。越是把
> 自己放低，越接地氣，人民群眾越喜聞樂見。去 TMD 深刻！」[5]。

而反對者的聲音，恰恰是對最後一句有感而發，針鋒相對地指出，《私人訂製》「絕對不能算是對《頑主》致敬，根本就是自毀……；這片也不算是《甲方乙方》的續集……；王朔和馮小剛花了一個章節扯淡雅俗，扯到最後一臉傻逼的說，這人是廢了吧。其實這是他們自己的尷尬，和觀眾沒關係」；《私人訂製》其實「不接地氣」，「最後一個段子，『我真有一輛車』，就是擺明了逗觀眾」；而影片的廣告植入「做的如此喪心病狂，一點不藏著掖著」〔註1〕。

〔註 1〕評論者的原話如次：1、這片絕對不能算是對《頑主》致敬，根本就是自毀。當年楊重義正言辭的說，「我就是一薩波依」，現在的楊老師一臉壞笑，逮誰教育誰，恰好變成了當年他們嘲諷的屁眼專家和青年導師。2、這片也不算是《甲方乙方》的續集，當年最經典的「柏林地圖沒有，您先用南京地圖湊活著吧」。如今各種高端大氣上檔次，可勁的炫耀狂拽霸帥弔炸天，花了足足五分鐘解釋給觀眾一千億到底是多少錢。3、王朔和馮小剛花了一個章節扯淡雅俗，扯到最後一臉傻逼的說，這人是廢了吧。其實這是他們自己的尷尬，和觀眾沒關係，「大海啊，都是水，駿馬啊，四條腿」就挺雅俗共賞的嘛。當年三 T 公司的楊重、馬青就很俗，一點不裝逼，開口閉口的也是飲食男女那一套，偶而來幾句段子，就立刻就不俗了，人見人愛。我們不在乎雅俗，我們在乎的是真誠。有錢一天的橋段，弄得多煽情的，可惜一點不真誠，一副高高在上，演給你看，哄你高興的媚俗勁。4、啥叫接地氣，王朔馮小剛都是正八經的京油子，一口地道的京腔咋說咋接地氣，現在非要整出各地方言，就怕全國人民不買帳。「胡同劉大媽的餃子，香」---「北京的靄，海南的淨土」，這就是不接地氣。5、道歉什麼的，去你媽的，最後一個段子，「我真有一輛車」，就是擺明了逗觀眾呢，我就是拍了這麼一爛片，所以我不會為這部爛片道歉的。6、王朔究竟還剩什麼，除了他的寶貝女兒。從《非誠勿擾 2》到《私人定製》，關於女兒的橋段各種讓人不知所措，當年的叛逆青年到現在溺女成狂的慈父，這算不算另一種中年危機。7、馮小剛究竟還剩什麼，除了神乎其神的廣告植入。能把植入廣

　　從《私人訂製》一開始宣傳直到公映，我都沒有想主動去看，其中一個原因是我害怕失望。因為在潛意識中，我覺得我能把握到馮小剛的喜好。原因很簡單，作為《私人訂製》的編劇，王朔從來都既是馮小剛的精神導師，也是「馮氏電影」的全部靈魂。歷史已經證明，如果沒有作家王朔，就沒有導演馮小剛；王朔拿出自己的十分之一，便成就了馮小剛的全部。

　　而馮小剛的過人之處在於，他的領悟力和持久力，使得馬小剛、李小剛等其他小剛們沒法冒出頭來成為票房霸主。所以就這一點來說，馮小剛和王朔都是幸運的，觀眾的幸運之處是既能讀到王朔的書，也能看到馮小剛用影像對王朔的通俗宣傳和常常跑偏的讀解。

　　我迷戀王朔的文字二十多年，自忖對他的著作的體認也相對持久、不乏深刻之處（雖然不無片面），因此能從骨子裏感受到王朔想要表達的意思。在我看來，馮小剛對於王朔感覺上的把握，大致是不差的。但是有一點需要注意的是，只要是馮小剛導演的片子，哪怕編劇是王朔，這片子就與王朔本能地拉開一些距離。

　　這個距離的拉開沒有主觀性的東西在裏面，也就是說，馮小剛並沒有特意要與王朔拉開距離的意思，（相反，他總是想無限接近王朔的骨子裏的東西和意圖）。但問題是，他們兩人根本就不在一個層次上，所以很多東西也就沒有辦法互換互滲。所以能夠肯定的是，馮小剛只是借用了王朔精神氣質的外貌以及主題思想的衣鉢而不是真正擁有。

告做的如此喪心病狂，一點不藏著掖著的，還能有如此效果的，真的只有馮導了。有特寫，有臺詞，有段子，你要不把它當電影看，就當一廣告看，這水平絕對領先其他導演幾個時代。（以上文字源自：白衣卿相 2：《我對你的措辭非常抱歉》（2013-12-19 01：17：45），〔EB/OL〕.http://movie.douban.com/review/6467393）。

我這樣繞來繞去地說，無非是想表達，首先，《私人訂製》是一部馮小剛的作品，不是完全意義上的王朔作品，雖然他們二者之間有很多的交集和共同之處。其次，說《私人訂製》是好是壞都無關宏旨，更不應該成為爭論的中心，因為它和其他「馮氏電影」一樣，都是近十幾年來中國大陸電影演進的一個正常的體現。換言之，1990 年代以來的大陸電影，無非是一定程度上重演了 1949 年前中國電影史上曾經有過的電影形態和發展歷史。

具體地說，不和主流價值發生正面衝突、秉承保守的社會批判立場，追求視覺奇觀效應、盡可能地滿足觀眾不斷翻新的視聽需求，以及庸常哲理內核的世俗化表達，這既是歷史上新市民電影的主要特徵，也是包括《私人訂製》在內新一代新市民電影被人稱道或遭人詬病的主要原因。就《私人訂製》而言，它無非是 1930 年代中國電影史上新市民電影在新的歷史時期的又一個最新體現和最新證明而已。

乙、1930 年代中國電影史上的左翼電影和新市民電影

1930 年代初期的中國電影有了新、舊之分，這是當時的公論[6]，也是後來研究者們的共識[7][8][9][10]。這種區分和稱謂都沒有任何問題，問題是，就現存的、公眾可以看到的文本而言，其一，在此之前的中國電影都應該被視為舊市民電影形態。

所謂舊市民電影，是從 1905 年到 1931 年所有中國電影的總稱，基本上是「鴛鴦蝴蝶派」、「禮拜六派」或武俠小說的電子影像版；主題、題材主要侷限於家庭婚姻以及打鬥，基本上對中國現實社會不做正面的和直接的反映和批評；其文化資源是與五四新文學相對的舊文學，維護和尊重傳統的主流價值觀念及倫理道德[11][12][13]；由於主要的觀眾群體是中下層市民，所以是一種低端的「市民文化」消費[14]。

　　譬如《勞工之愛情》（《擲果緣》，1922）、《一串珍珠》（1925）、《西廂記》（1927）、《情海重吻》（1928）、《雪中孤雛》（1929）、《海角詩人》（1929）、《兒子英雄》（1929）、《一翦梅》（1931）、《桃花泣血記》（1931）、《銀漢雙星》（1931）、《南國之春》（1932）〔註2〕，以及《海角詩人》（1929）、《紅俠》（1929）、《女俠白玫瑰》（1929）等〔註3〕，概莫能外。

〔註 2〕我對這些影片的具體分析意見，祈參見拙著《黑白膠片的文化時態──1922
　　　　～1936 年中國早期電影現存文本讀解》第一章：《現在公眾能看到的最早最
　　　　完整的中國國產故事片──〈勞工之愛情〉（〈擲果緣〉，1922 年）：舊市民電
　　　　影個案讀解之一》、第二章：《外來文化資源被本土思想格式化的體現──〈一
　　　　串珍珠〉（1925 年）：舊市民電影及其個案讀解之二》。第三章：《傳統性資源
　　　　的影像開發和知識分子對舊市民電影情趣的分享──〈西廂記〉（1927 年）：
　　　　民新影片公司的經典貢獻》、第四章：《積極搶佔道德制高點，而且要把戲做
　　　　足──〈情海重吻〉（1928 年），表裏如一：舊市民電影讀解之四》、第五章：
　　　　《新時代中的舊道德，老做派中的新氣象──〈雪中孤雛〉（1929 年）：舊市
　　　　民電影及其個案讀解之五》、第六章：《陳舊依舊，依舊綠肥紅瘦──〈兒子
　　　　英雄〉（〈怕老婆〉，1929 年）：舊市民電影及其個案讀解之六》、第七章：《配
　　　　角比主角出色，女兵勝俠客百倍──〈一翦梅〉（1931 年）：1930 年代初期
　　　　的舊市民電影讀解之一》、第八章：《舊模式的遺存和新信息的些許植入──
　　　　〈桃花泣血記〉（1931 年）：1930 年代初期的舊市民電影讀解之二》、第九章：
　　　　《這豔麗，一半來自落日，一半來自朝霞──〈銀漢雙星〉（1931 年）：1930
　　　　年代初期的舊市民電影讀解之三》、第十二章：《大眾審美、知識分子話語與
　　　　新電影市場需求的時代共謀──1932 年：「新」〈南國之春〉與「舊」〈啼笑
　　　　因緣〉的對比讀解》。這些章節的未刪節版（配圖），均收入《黑棉襖：民國
　　　　文化中的舊市民電影──1922～1931 年現存中國電影文本讀解》（「民國文化
　　　　與文學研究」文叢第三編第十一、十二冊，臺灣花木蘭文化出版社 2014 年 9
　　　　月版），敬請參閱。
〔註 3〕我對這三部影片的具體分析意見，祈分別參見拙作：《新知識分子的舊市民電
　　　　影創作──新發現的侯曜〈海角詩人〉殘片讀解》（載《浙江傳媒學院學報》
　　　　2012 年第 5 期）、《舊市民電影的又一新例證──以 1929 年友聯影片公司出品
　　　　的武俠片〈紅俠〉為例》（載《浙江傳媒學院》2013 年第 4 期）、《中國早期電
　　　　影中武俠片的情色、打鬥與噱頭、滑稽──以 1929 年華劇影片公司出品的〈女
　　　　俠白玫瑰〉為例》（載《文化藝術研究》2013 年第 4 期）。這三篇文章的未刪
　　　　節版（配圖），作為第三章、第八章和第九章，收入《黑棉襖：民國文化中的
　　　　舊市民電影──1922～1931 年現存中國電影文本讀解》，敬請參閱。

　　其二，1949 年後的大陸電影研究只強調左翼電影，並且把時間定為 1933 年[15]P183，但實際上這裡有兩處偏差。首先，左翼電影出現於 1932 年，代表人物是孫瑜，代表作品是他編導的《火山情雪》和《野玫瑰》〔註4〕。其次，左翼電影不過是新電影中的一部分，因為新電影至少還包括，一、1933 年出現的新市民電影，其代表作品是中國有聲電影歷史上的第一部高票房電影，即鄭正秋編導的《姊妹花》〔註5〕；二、1934 年出現的國粹電影（前幾年我稱之為新民族主義電影或曰高度疑似政府主旋律電影），代表作是朱石麟編導的《歸來》，以及次年由羅明祐編劇、羅明祐和朱石麟聯合導演的《國風》，還有鍾石根編劇、羅明祐導演的《天倫》〔註6〕。

　　現存的、公眾可以看到的文本已經證明，左翼電影出現於 1932 年，持續活躍至 1935 年，主要作品包括 1932 年的《野玫瑰》、《火山情雪》，1933 年的《天明》、《母性之光》、《小玩意》、《惡鄰》，1934 年的《新女性》、《大路》、《神

〔註4〕我對左翼電影的界定、對這兩部影片以及後面提到，《天明》、《母性之光》、《小玩意》、《惡鄰》、《新女性》、《大路》、《神女》、《桃李劫》、《風雲兒女》等影片具體討論意見，其完全版和未刪節版（配圖），先後收入《黑白膠片的文化時態——1922～1936 年中國早期電影現存文本讀解》和《黑馬甲：民國時代的左翼電影——1932～1937 年現存中國電影文本讀解》（「民國文化與文學研究」文叢第五編，第二十三、二十四冊，臺灣花木蘭文化出版社 2015 年 9 月版），敬請參閱。

〔註5〕我對新市民電影的界定以及對這部影片的具體意見，祈參見拙作：《雅、俗文化互滲背景下的〈姊妹花〉》（載《當代電影》2008 年第 5 期），其完全版作為第十五章收入《黑白膠片的文化時態——1922～1936 年中國早期電影現存文本讀解》，題目是：《市場經濟中的雅、俗文化互滲與高票房國產影片——〈姊妹花〉（1933 年）：新市民電影樣本讀解之二》，其未刪節版（配圖）和我對其他新市民電影的具體討論意見，先後收入《黑白膠片的文化時態——1922～1936 年中國早期電影現存文本讀解》和《黑皮鞋：抗戰爆發前的新市民電影——1933～1937 年現存中國電影文本讀解》（「民國文化與文學研究」文叢六編，第八、九冊，臺灣花木蘭文化出版社 2016 年 9 月版），敬請參閱。

〔註6〕我對國粹電影（即前幾年我稱之為新民族主義電影或曰高度疑似政府主旋律電影）的界定以及對後兩部影片的討論意見，祈參見拙著《黑白膠片的文化時態——1922～1936 年中國早期電影現存文本讀解》第二十七章：《主流政治話語對 1930 年代電影製作的介入及其藝術轉達——〈國風〉（1935 年）：中國電影歷史中的「反動」標本讀解》、第二十八章：《政治話語情結與傳統倫理文化讀解的雙重錯位——〈天倫〉（1935 年）：中國電影歷史中「消極落後」的樣本讀解》，其未刪節版（配圖），以及我對其他國粹電影的文本分析，祈參閱明年年內即出的《黑棉褲：抗戰全面爆發前的國粹電影——1934～1937 年現存文本讀解》（臺灣花木蘭文化出版有限公司）。

女》、《桃李劫》，1935 年的《風雲兒女》等；左翼電影之所以在 1936 年消失，或者說，1935 年之後基本不會再有電影被劃分、定性和歸屬於左翼電影，是因為，1936 年出現了國防電影（運動），而「國防電影」是左翼電影的升級換代版本〔註7〕。

當時的左翼電影主要具備如下幾個顯而易見的特徵。第一個是階級性；所謂階級性指的是，凡是影片中出現的窮人即無產階級，一般都是好人，凡是有錢人即資產階級一定會是壞人。第二個是暴力性；左翼電影都涉及暴力或有暴力表現，它的發生是階級性衍生出來的階級矛盾和階級鬥爭的自然產物和必然反應，而且，這種暴力一定是直接的、必然的、而不是偶然的。譬如《姊妹花》曾經被許多研究者認為是左翼電影，但在我看來不是，因為影片裏有錢人家的少奶奶死於與傭人搶奪項鍊的偶發事件，並不是被窮人有意殺死的。

左翼電影的第三特徵是宣傳性。作為新電影的左翼電影源自舊市民電影，但左翼電影的最大特色之一，就是它並不會對故事的講述花太多的心思，或者說它並不注重電影故事性而注重其宣傳性，具體來說就是注重新理念的傳

〔註 7〕我對國防電影的界定以及對其代表作品的文本分析，祈參見拙著《黑白膠片的文化時態──1922～1936 年中國早期電影現存文本讀解》第三十三章：《新浪潮──1930 年代中國電影的歷史性閃存──〈浪淘沙〉（1936 年）：電影現代性的高端版本和反主旋律的批判立場》、第三十四章：《國防電影的三個特徵及其對左翼電影元素的繼承──〈狼山喋血記〉（1936 年）：國防電影讀解之一》、第三十六章：《左翼電影思想元素與表現模式在國防電影中的成功轉型──〈壯志凌雲〉（1936 年）：國防電影讀解之二》，以及拙著《黑夜到來之前的中國電影──1937 年現存國產影片文本讀解》第一章：《〈聯華交響曲〉：左翼電影餘緒與國防電影的雙重疊加──1937 年全面抗戰爆發之前中國國產電影文本讀解之一》、第八章：《國防電影：左翼電影的血統淵源與新市民電影的外在輻射──以 1937 年新華影業公司出品的〈青年進行曲〉為例》、第九章《〈春到人間〉：左翼電影是怎樣被強行轉化為國防電影的──最新公諸於世的 1937 年孫瑜早期代表作》。這些章節的未刪節（配圖）版，均收入《黑布鞋：1936～1937 年現存國防電影文本讀解》（臺灣花木蘭文化事業有限公司 2017 年 9 月版，「民國文化與文學研究」文叢七編，第二十一冊），敬請參閱。

達、新人物的塑造以及新思想的傳播。第四個特徵是情色性；情色元素當然來自於舊市民電影，但是左翼電影中的情色具有濃厚的意識形態色彩；也就是說，左翼電影中的情色除了作為藝術的基本要素，還具備著與其主題思想同質化的革命性，而這一點，譬如同樣是人體或者是色情的表達，在舊市民電影中就不具備類似的革命性功能或意圖。

電影無論新舊，其出現都是時代和文化的市場化體現。譬如作為新電影的左翼電影，本身就是為了滿足民眾對時政信息索取的產物。因此，左翼電影的製片策略也就影響了眾多電影公司的選擇；所以，1933 年既是左翼電影的高產之年，也是其他新電影譬如新市民電影的誕生之年。就在這一年，明星影片公司主動招攬一干左翼編導成立「編劇委員會」[15]P201~203，在跟風出品左翼電影的同時，推出了新市民電影的奠基之作《姊妹花》。影片在創造有聲電影史上第一部高票房記錄的同時，不僅意味著新市民電影的正式生成，並且由此形成了與左翼電影並駕齊驅、共同主導中國電影市場長達數年的態勢[16]。

新市民電影的特徵基本上也有三個。

第一個，有條件地抽取和借助左翼電影的思想元素；譬如《姊妹花》，一方面用階級性來設定人物的關係和矛盾衝突。口口聲聲說有錢人壞，沒錢的都是好人；另一方面，又將這種借助和抽取限定於口號式的表達和宣傳層面。說到底，新市民電影之所以不同於左翼電影，關鍵是二者的性質有本質區別。因此，階級性主導下的人物設置，最終採取了超越階級性的親情式化解：影片的結局不僅以親情來遮蔽甚至替代階級性和矛盾性，而且其大團圓的結局處理，在回到舊市民電影的同時，又顯示著其對社會批判的保守立場和溫和態度。

　　第二個，新市民電影和左翼電影一樣，時刻關注社會熱點問題並予以及時反映。但左翼電影在對待社會、民生等現實問題時，往往採取是一種全盤否定的、激進的、革命性的立場。1934 年出品的《桃李劫》最具代表性，影片最後的結論是，如果知識階層都無法生存，那麼這樣的社會就要從根本上受到懷疑和否定。新市民電影同樣也對社會現實提出批判，但卻永遠保持一種溫和、保守的批判立場，而且以認同當下社會的主流價值觀念為必要前提，而不是像左翼電影一樣全盤否定。譬如新市民電影雖然也對窮人抱有同情甚至讚美的態度，（這一點抽取、借用了左翼電影的思想元素），但是它對富人的階級立場的表達又是保守的、妥協的，或者說，更容易被社會所接受。

　　新市民電影的第三個特徵，是奉行新技術主義路線。1930 年代新電影的出現，客觀上就是與新技術的出現和發展密切相關的，譬如有聲技術和歌舞元素。因此，不論是 1933 年的《姊妹花》還是 1934 年的《女兒經》，片頭打出來的廣告語都是「全部對白有聲巨片」。奉行新技術主義路線，意味著新市民電影更多地側重電影新穎的視聽形式，而左翼電影更多地是靠內容和思想取勝。這也在一定程度上解釋了為什麼直到 1935 年，聯華公司還在製作和發行無聲電影並且市場佔有並未下滑的現象。譬如就是在 1934 年，聯華公司出品了無聲片時代的左翼經典之作《神女》，（有聲片時代的經典左翼電影是 1935 年的《風雲兒女》）。

　　實際上，左翼電影之所以對待社會問題上持激進立場，根本原因在於它是來自社會精英階層、而且對待社會問題秉持革命理念，這是與新市民電影最大的一個差異。新市民電影並不全然排斥新理念和新人物，但更加注重和更加樂於表現世俗社會和庸常人生景象。因此，新市民電影包含更多的、世俗性的審美內核和世俗哲理。還是以《姊妹花》為例，影片其實並不在乎誰是窮人誰是富人，也不管是誰有理沒理，說到底是親情統帥一切：社會上驚天動地的大事情，到了父母姐妹相認之時，那就是咱自己家裏的事情。1936 年的《新舊上海》在這方面表達得更為深刻、更有包容性：不管你窮也好富也好，男也好女也罷，大家和和氣氣地生活比什麼都好。

從 1937 年抗戰全面爆發到 1945 年抗戰勝利，國統區電影的面貌基本上是國防電影的新名稱即戰時延續形態——**抗戰電影**，而新市民電影幾乎沒有生存之地。這個道理很簡單，抗戰文藝統治一切。反倒是淪陷區為新市民電影的生存、發展——**也為舊市民電影的復興**——提供了廣闊的空間；同樣在淪陷區得以生存和發展的，還有國粹電影（即幾年前我所謂的**新民主主義電影或曰高度疑似政府主旋律電影**）。支持這個論點的證據之一，是此一時期生產和消費的數以百計的影片，包括歌舞片、時裝片、古裝片和武俠片在內的各種類型電影。從 1945 年抗戰結束直到 1949 年，依據現存的、公眾可以看到的文本來分析，左翼電影幾乎沒有恢復的時間和空間。相反，新市民電影和國粹電影很快就得以恢復並產生重大社會影響。二者的代表作品分別是 1947 年出品的《一江春水向東流》、1948 年出品的《小城之春》〔註8〕。

丙、2000 年以後大陸文化視野中的新左翼電影

從 1990 年代中國大陸第六代導演出現並產生越來越大的社會影響，尤其是檢索和分析一下 2000 年以後有代表性的大陸電影的代表作品之後就會發現，中國電影歷史上的左翼電影和新市民電影已然全面回歸、重獲新生。

但是，就左翼電影而言，必須首先強調其性質在不同階段的差異。首先，這裡討論的左翼電影，是從其歷史概念出發的。即所謂左翼，就是取其前衛、先鋒、另類之意，注重其從整體上反抗主流價值觀念的傾向，（或者說，具備與主流價值觀念對峙的品質）。其次，由於生成和發展的時代、文化生態與 1930 年代有著或多或少的區別，所以，2000 年以後中國大陸電影中的左翼電影已經不能被簡單視為是歷史上左翼電影的翻版，因此，我將其稱之為新左翼電影。

〔註 8〕幾年前，我將 1948 年的《小城之春》視為左翼電影恢復的標誌，但現在認為這個影片更應該被看作是國粹電影形態或流脈，其原因之一就是它秉承了編導費穆自己在 1941 年《孔夫子》的主題思想。這個問題我將在以後的文章中具體論證。至於 1949 年後兩岸三地的電影走向，題目太大，故就此先行收束，在其他文章中再展開討論。

　　那麼，依照歷史上左翼電影的各種特徵，再次論證如次。

　　第一，階級性。

　　歷史上的左翼電影中，階級性指示的是窮人和富人的問題，那麼將它代入到 2000 年以後的新左翼電影當中，你會發現階級性依舊受到高度重視、依然用來規範和區分人物形象與性質。譬如，《安陽嬰兒》（2001）、《盲井》（2003）、《日日夜夜》（2004）、《孔雀》（2005）、《江城夏日》（2006）、《太陽照常升起》（2007）、《立春》（2008）等，上述影片中被肯定的、被歌頌的、至少是被寄予無限同情，也就是被稱之為正面人物的形象，全部都是弱勢中的弱勢、底層中的底層。

　　譬如《安陽嬰兒》，男主人公是下崗職工，女主人公是來自農村的性工作者；《盲井》當中的農民工；《日日夜夜》中剛剛富起來的農民；《孔雀》中處於社會底層的小市民；《江城夏日》中，是進城打工的性工作者；《太陽照常升起》中的正面人物是在 1949 年之後遭受迫害的知識分子；《立春》中被肯定的是長得難看、命運更糟糕的底層知識女性；《鋼的琴》當中的正面人物基本是國家企業改制後被拋棄和忽視的下崗職工。

　　第二，暴力性。

　　歷史上的左翼電影，暴力性和階級性一樣貫穿始終。暴力歷來有兩種表現形式，一種是硬暴力，即直接體現或作用於肉體上的傷害和毀滅，另一種是軟暴力，直接或間接針對人的精神世界和心靈深處的折磨。在 2000 年之後的新左翼電影當中，暴力性不僅廣泛存在而且觸目驚心，（這種存在和觸目驚心甚至導致影片不允許被公映和發行）。譬如《安陽嬰兒》當中，女主人公被公然虐待，男主人公更因為殺人被關進監獄；《盲井》當中展示了底層民眾的互相殘殺；《孔雀》當中所反映的日常生活中的暴力，包括毒殺（未遂）；《江城夏日》中的暴力除了黑道之間的仇殺，更直接表現了罪犯對警察的殺害；《太陽照常升起》中的槍殺；《立春》中直接和間接表現鬥毆等等。

　　影像中的硬暴力容易被人認知或識別，但軟暴力對社會和人們的危害雖然比硬暴力更甚，但常常被人們忽略甚至很少察覺。新左翼電影對此的揭示，

與其說更有社會意義，不如說正是其意義所在。譬如《安陽嬰兒》當中針對性工作者馮豔麗的社會性歧視，也就是精神層面的暴力，其實比直接暴力（警察的毆打和逮捕）對人們的傷害更大。《立春》當中的精神層面和心靈世界的軟暴力，表現在對男同性戀者的社會性歧視，這種歧視最終導致硬暴力的發生，那就是男舞蹈演員最終不惜以假裝強暴女學員的方式來獲取正常的社會地位。（這個人物的名言是：「我就是人們嗓子裏的那根刺」）。

《鋼的琴》中的暴力也有軟、硬兩個層面。硬暴力是偷盜以及工人之間、朋友之間的扭打，軟暴力指的是下崗職工所承受的國家轉型之痛，以及由於社會地位的整體淪落而承受的社會性歧視：那些以前被尊稱為國家「領導階級」和社會「主人翁」的大企業工人，幾乎是一夜之間成為了國家和社會的「棄民」。對軟暴力最好的展示是《太陽照常升起》，影片中作為主要人物和正面人物的知識分子，無不是「政治賤民」。譬如姜文扮演的老唐，在《槍》和《夢》這兩個片段中的身份是下放幹部，在《戀》這個片段中，他和黃秋生扮演的小梁、以及陳沖扮演的林大夫，其實都是「五‧七幹校」中的成員。

「五‧七幹校」起源於 1960 年代後期毛澤東對林彪一個報告的批示，實質上是從國家層面對知識分子進行集中管制、集體改造思想和完全脫離業務、強制性從事重體力勞動的一種變相懲罰方式。全國知識分子無論學術地位高低、年紀大小、結婚與否，都被從城市中遷往農村，單獨建造房屋分性別集體居住，日常生活由「軍代表」和地方政府監督管制。由於「五‧七幹校」正式終結於「文革」結束，而「學員」全部是知識分子，因此從時間上可以被看作是 1957 年「反右」的一個延續和「文革」中的一場「重頭戲」。實際上 1949 年後大陸曾經有數以百萬計的「政治賤民」，老唐、小梁和林大夫不過是其中的代表人物。

第三，宣傳性。

如果說歷史上的左翼電影側重宣傳宣傳階級鬥爭理念，（升級換代版的國防電影將其替換為民族解放戰爭的思想啟蒙），那麼，新左翼電影的宣傳性則是更多地體現於回歸思想常識層面的啟蒙性，即注重促使、啟發觀眾直面現實生活、展開深入思考的個人能力的提升。也就是說，新左翼電影都具有一種讓人警醒並清醒地面對以往歷史或當下社會的力量和功效。

說得再具體一點，新左翼電影能夠讓你睜開眼睛看世界，屬於一種對你負責和義務校正「三觀」的藝術作品。譬如，《安陽嬰兒》讓你看到的是中國大陸三、四線中小城市無所不在的底層民眾艱辛生活的真實面貌、下崗職工的走投無路，還有來自農村的性工作者的無奈與悲哀；《盲井》讓你看到的，是人性中對於生命赤裸裸的掠奪和踐踏的醜惡的一面，以及對金錢無窮盡的貪婪掠取。

《孔雀》和《太陽照常升起》展示給人們的，是那一代人生活歷史進程中曾經經受過的、無法言傳的艱難、不幸、辛酸、哀愁、痛苦、殘忍、悲慘記憶，而這一切都將被時間無意識地磨洗淡化，或者被他人有意識地埋葬或指向遺忘。單就這一點來說，《立春》說的是社會轉型期內小人物們的痛苦，《太陽照常升起》講的是群體性命運的不幸，而這些東西是不被主流文化認同和關注的；正如《鋼的琴》中，大型國有企業和她曾經的主人社會地位的整體性淪落並沒有得到主流影視作品真實的展示一樣。

換言之，這些影片所選取的題材、視角和所具有的主題，就注定了此類影片與其他影片的區別以及本質的不同。再具體一點講，對性工作者角色的表現與否，就決定了它是新左翼電影還是新市民電影──從這個意義上說，題材的選擇本身就是一種主題思想的表達。

第四，也就是最後一個特徵，情色。

歷史上左翼電影的情色表達屬於意識形態話語體系的必要組成，譬如由左翼電影培養提拔的新一代女星黎莉莉和王人美，其健美體形尤其是一雙壯健美腿的大篇幅和大尺度的裸露展示，與舊市民電影時代女影星的嬝娜體態

和纖細體形形成反差極大的時代審美特徵。其體現出來不僅是更為健美的人體和更為健康的審美理念，而且還承載著意識形態話語的功能性表達，強調工農大眾即革命階級的審美標準和趣味不同於城市資產階級消費習尚。在 2000 年之後中國大陸的新左翼電影當中，情色的表達也依然充斥著意識形態的意味，並沒有人工刺激的成分或低俗的票房與市場考慮意圖。

換言之，新左翼電影中對於性以及與性有關場景的直接展示和描述，包括人體表現禁忌上的突破，都是主題思想的必要組成。譬如《安陽嬰兒》當中，女主人公馮豔麗接客那場戲就是如此，因為它要展現的不僅是人體或性交易，還是赤裸、真實的人生形態。再譬如《盲井》當中兩個殺人犯到按摩店消費的那場戲，女體的大尺度暴露不能僅僅從藝術的角度去解讀，而應歸之於主題思想的外化。同樣，《日日夜夜》、《太陽照常升起》甚至《鬼子來了》（2000）中的男女床戲，其實都可以從意識形態的高度予以剖析並得到完整解答〔註9〕。

丁、2000 年以後大陸的新市民電影——以《私人訂製》為例

中國大陸的新市民電影與新左翼一樣，都大致發育於 1980 年代，因此，對《私人訂製》的討論，在回溯歷史上的新市民電影特徵的同時，同樣還得跳過幾十年的時空，用 2000 年以後的中國大陸電影給予佐證。

新市民電影基本特徵的第一個，有條件地抽取和借助左翼電影的思想元素。如前所述，歷史上的新市民電影與左翼電影一樣，都是對現實做出直接反映的新電影形態，或者說，是市場正常需求的應激產物。2000 年以後，可以被劃歸新市民電影的眾多中國大陸電影也是如此。雖然這些影片在對現實的反映過程中並沒有須臾脫離或者忘記意識形態主導下的「主旋律」或曰官方指導準則，但這並不妨礙它對現實社會問題的批評，這種批評有時候是非常嚴厲並且是一針見血的。譬如 2004 年的賀歲片《天下無賊》，裝扮成有錢

〔註9〕本節中提到的所有影片，我都逐一做了單獨的文本分析，除了《鬼子來了》以外，所有的具體討論（未刪節版），均請參閱本書前面的章節。

人的小偷拍著自己的車門責問保安：「開好車的一定就是好人嗎？」影院中一片歡笑。這句臺詞對當時的社會現實與其說是一個諷刺不如說是一個直觀性的批評，所以獲得了觀眾的共鳴。但，也就僅此而已。

十年後，《私人訂製》依然是這個路數。譬如影片的主題，依然可以用一個固定詞語搭配來概括，那就是思想健康、積極向上。歷史上的新市民電影對左翼電影思想元素的抽取和借用之所以被稱作是有條件的，就是因為它只在枝節、局部、小的方面敲敲打打、打擦邊球、抽冷子扎個針、放點血，而沒有能夠（或者是根本就不打算）從整體上加以反思、批判。2000 年之後的、凡是歸屬於新市民電影的影片其實都是這樣，它們都注意到了當下社會各個領域譬如政治生態、社會風氣、環境污染、貪污腐敗乃至養老等方面存在的問題甚至痼疾，但也就是如此而已，都只在紅線之內點到為止。《私人訂製》不過是最新、最有代表性的例證。

新市民電影對左翼電影元素有條件地抽取與借用，看上去是一種市場機制主導下的藝術投機行為，或者說至少是一種思想不作為的創作理念，但實質上，這是生成新市民電影社會批判立場的思想原則和運行機制，也就是新市民電影的第二個基本特徵。譬如影片中無論其中的哪一個故事，其實都觸及當今社會的熱點或難點問題，無不是舉世關注、人心向背的大是大非問題。但影片對這些現象和問題，表達起來、表現出來時，無不是高高舉起、輕輕落下，到結尾處，竟然借用飛機晚點的事由、假借航空公司的廣播對公眾「深表歉意」。匪夷所思、甚至駭人聽聞，是嗎？是的；卻又在意料之中、情理之內，對嗎？當然。因為，原因大家都懂的，但影片假裝不懂。你還別覺得這不好玩，影片那句臺詞早就說得明白：

　　「我知道，咱這不就是互相逗著玩嘛？」

因此，看上去，這是《私人訂製》或者說是新市民電影對於社會現實的批判立場，但實際上，這與其說是對現實的無奈，不如說是對現實深度妥協的結果。注意，這種妥協並不意味著商業性的失敗，恰恰相反，這是製片策略成功的有力保障和體現——彪炳史冊的高票房記錄和當下一再刷新的高票房回報就是證明。也正因如此，《私人訂製》才有了那麼一個看上去與影片整體極不協調的結尾。譬如環境污染問題本是一個社會問題，或者說是一個社會機制下其來有自的大問題，但對它的反省和批判竟然以個人懺悔的方式來了結——給人的感覺就好像這種惡果是他們這四個人造成的一樣。至少，這裡有有意識地替強勢階層開脫的嫌疑。

再譬如第一個講貪污腐敗故事的段落，出發點和最後的結論完全就是一個維護的角度和態度。因為，不論演員把貪官演繹或者模擬得多麼地壞，觀眾都明白那不是真的、只是做戲而已，這種效果比你從正面辯護有效一千倍以上。「官人」現身說法告訴你，那些強勢人物其實並不想辦壞事，都是被別人催逼成那樣的，貪官反倒是受害者。這個結論對不對？一定程度上是對的，但是要看這個話是由誰去說。其次，它的結論是，這個現象是有的，但屬於少數，因此你不能夠當真。所以影片有句臺詞規勸司機師傅：回去之後，你還是好好開你的出租車吧。以後的日子該怎麼過，就怎麼過。

所以從這個意義上說，儘管《私人訂製》對社會問題是有批判的，但是這種批判說到底其實是對官方指導下的主流價值觀的一種另類補充或者說是一種善意回應：不管我罵你罵得多狠，我都不是故意的，我給你更多的是體諒和理解，因為我理解、也更相信你會做的更好。這就是新市民電影保守的、或者說溫和的社會批判立場和一貫語氣。同時，它也從另一個維度，證明著新左翼電影存在的價值及其相互依存的文化生態現狀。

歷史上的新市民電影第三個特徵是奉行新技術主義路線，那就是不計成本、盡可能地投入和應用目前所有的最新技術，無論是視覺奇觀還是神馬，只要能讓觀眾開心、滿意就成。這般「高大上」（「高端、大氣、上檔次」）的配置，為的是「普大喜奔」（「普天同慶、大快人心、喜聞樂見、奔走相告」）

的營銷效果，但有「不明覺厲」（「雖然不明白在說什麼，但好像很厲害的樣子」），那就是「何棄療」（為什麼放棄治療的意思，暗喻「你有病，快去治」）[17]。歷史上的新市民電影是如此，2000年之後中國大陸的新市民電影也是這般，菩薩心腸外加霹靂手段。

譬如前幾年最有代表性的例證，一個是張藝謀導演的《三槍拍案驚奇》（2009），一個是姜文的《讓子彈飛》（2010），雖說分別是老前輩和後起之秀的扛鼎之作，但二者登峰造極的高度可謂不分伯仲。你看看《三槍拍案驚奇》，幾乎就是第五代導演視聽語言看家本領昔日輝煌的重現；《讓子彈飛》也不示弱，凡是第六代導演見識過的幾乎都用上了，旋轉、高速、電腦合成等，就差上3D了。《私人訂製》就是如此，或者說，其視聽語言是這兩者的集大成者，全方位地滿足了觀眾不斷增長的視覺奇觀需求[註10]。**總而言之，投資方一擲千金燒錢燒到腿軟，最終是製片方日進斗金數錢數到手軟，觀眾大把掏錢掏到不眨眼——皆大歡喜，一石三鳥。**

新市民電影佔領市場、能有效與左翼電影抗衡的殺手鐧，也就是它的第四個基本特徵，是側重並擅長於庸常哲理的世俗化表達，《私人訂製》也不例外。譬如，單從比例上來說，手握重權並且能夠收受巨額賄賂的官員畢竟是少數，而希望能夠坐到那個位置上並大展身手的人是多數；很多人會想，哪天我有機會也要試一把——試一試我的定力，看看我在美色面前能否淡定等等。這樣的心理體驗和體現事實上已經進入世俗哲學的討論層面。換言之，很多觀眾去看電影，看別人鬧笑話、過官癮是一方面，但更重要的是滿足自己的欲望，無論是顯性的還是隱性的。

〔註10〕我對這兩部影片的具體討論，敬請參閱本書第九章和第十章。

　　再譬如對於金錢的夢想和渴望，這是古往今來絕大多數人、尤其是當下億萬民眾都認同的一點。你想過得更好，就得擁有更多的金錢。這至少是最近二十年來中國大陸社會的共識之一，因為它已成為衡量一個人幸福或成功與否（說白了就是混得好不好）的標準之一。而當下最有錢的體現，不光是手裏的人民紙幣，還有名下的房地產數目和總面積。這也就是為什麼這個描述一個清潔女工的夢想的故事成為《私人訂製》壓軸戲的原因之一。在現代漢語的日常使用中，「清潔工」很少被用作褒義詞，說白了就是「一掃大街的」。因此，這個人物是億萬底層民眾的最佳代表，滿足她的夢想就是滿足了絕大多數人的夢想。

　　片子拍到這個份上，想沒有哲理意味都不可能，況且，這種展示和表達**既通俗易懂還喜聞樂見。所以，新市民電影的第四個特徵其實也是迎合世俗和庸俗表達的普世性，因為這種「俗」總是自覺不自覺地佔據著一個哲理的制高點。而對這個制高點的重視和維護，影片中的第二個故事即討論雅俗之爭的段落已經鋪墊好了：它與其說是導演自己對自家產品和主題思想的一種正當防衛式的辯護，不如說是對自己和庸眾「三觀」尤其是審美觀一如既往的宣揚和肯定。**

戊、結語

　　一些人的雞肋往往是另一些人的美味，反之亦然。

　　無論是討論歷史上的中國左翼電影和新市民電影，還是論證 2000 年之後中國大陸的**新左翼電影**和新市民電影（以及**新國粹電影**），也無論我對這幾種電影形態如何劃分、界定和表述，有一點是必須要再一次聲明在前的，那就是，左翼電影和新市民電影（以及**新國粹電影**）並沒有誰是誰非的問題，沒有絕對意義上的誰高誰低的問題，它們僅僅是一種形態上的區分、電影史意義上的形態歸屬，以及對電影市場屬性的一種理論研討、非商業性的價值判斷，至於將其運用於商業化的指導乃至實操當然可以——但在這裡暫時無暇展開。

借用《私人訂製》的一句臺詞來說，那就是雅和俗本身沒有誰對誰錯的問題。雅和俗的劃分本身也是相對而言，因為兩者本是一個東西的兩面；分開是沒有問題的，因為對立是客觀存在的，但如果站在一方的立場上硬性指示對錯，那就會出問題了。因此，說到底，以《私人訂製》為例，這樣的新市民電影與新左翼電影（以及新國粹電影）一樣，其出現本身都是市場行為的正常體現，也是文化生態的自然產物。道理很簡單，即使馮小剛不拍，也會有馬小剛馮大剛來拍。況且，賀歲片在中國電影史上的存在和影響，也不是 1990 年代才有的景象。

據方家研究，1921 年的上海《申報》副刊上就有賀歲片的廣告，而 1949 年前的賀歲片、尤其是 1930 年代的賀歲片每年還不止一部，更不僅限於喜劇，還包括悲劇和驚悚片。茲將這位高人收集和羅列的數據轉引如下：

從 1922 年至 1949 年，每年度的賀歲片依次是：

1922 年：《閻瑞生》；

1923 年：《張欣生》；

1924 年：《孤兒救祖記》、《蠢海潮》；

1930 年：《大人國》；

1931 年：《野草閒花》、《強盜孝子》、《歌女紅牡丹》、《銀幕豔史》；

1934 年：《青春之火》、《鹽潮》、《人生》、《一個女明星》、《歸來》、《姊妹花》、《似水流年》、《戀愛與義務》；

1935 年：《飛花村》、《神女》、《大路》、《再生花》、《紅羊豪俠傳》、《新婚的前夜》、《新女性》、《空谷蘭》；

1936 年：《船家女》、《凱歌》、《花燭之夜》；

1937 年：《皆大歡喜》、《清明時節》、《壓歲錢》、《春到人間》、《人言可畏》、《滿園春色》、《夜半歌聲》；

1939 年：《楚霸王》、《大地》、《紅粉飄零》；

1941 年：《文素臣》、《雁門關》、《紅杏出牆記》、《天涯歌女》、《亂世佳人》、《啼笑因緣》；

1942 年：《鐵扇公主》、《恭喜發財》；

1943 年：《霓裳曲》、《水性楊花》、《香閨風雲》、《母親》、《夫婦之間》、《情潮》、《桃李爭春》、《芳草碧血》、《斷腸風月》；

1944 年：《何日君再來》、《義海恩仇記》、《不求人》、《鸞鳳和鳴》、《紅塵》；

1945 年：《鳳凰於飛》；

1946 年：《前程萬里》、《還我故鄉》；

1948 年：《四美圖》、《從軍夢》；

1949 年：《十二小時的奇蹟》、《歡天喜地》。[18]

《私人訂製》的出現與熱映，應該說是當下中國大陸主流電影的體現。這個意思是說，《私人訂製》是當下中國大陸電影的一個必然產物和正常形態之一。在此之前，還有其他很多影片可以歸為同類即新市民電影，譬如 2012 年的高票房影片《泰囧》。

為什麼？

因為當下的社會生態逼著電影生產不能涉及太沉重、太嚴肅的主題和問題。有人覺得這是管理部門的問題，但事實上這同樣也是觀眾自己的問題。假如被我稱之為新左翼電影的《安陽嬰兒》（2001）、《盲井》（2003）、《日日夜夜》（2004）能夠在中國內地公映，會有許多人去看嗎？即使是已經公映的《孔雀》（2005）、《江城夏日》（2006）、《太陽照常升起》（2007）、《立春》（2008），它們的票房能和《三槍拍案驚奇》、《讓子彈飛》，以及《泰囧》和《私人訂製》這類片子相比嗎？

為什麼不能呢？

也許，新左翼電影就應該是小眾化的電影形態，需要智商情商外加少兒不宜。新市民電影是大路貨，香甜可口，老少皆宜，人歡馬叫，皆大歡喜——對新國粹電影的分析，也應秉持這一路數——所以說，觀眾是要負一部分責任的。

再回到電影本身來說，電影的商業性屬性就決定了它要趨利避害，這也是它的本性。因此《私人訂製》再一次證實了我的一個觀點，馮小剛的精神世界源自王朔的，但影片畢竟是馮小剛的作品。所以你能從影片中發現「馮氏電影」兩個一以貫之的特徵，那就是始終帶有非常濃鬱的主旋律色彩。首先，在主題思想上，也就是從骨子裏，馮小剛就沒有對主旋律電影有排斥的傾向；也就是說，馮小剛從一開始就沒有背叛誰這一說。其次，以《私人訂製》為例可以再次看到，其作品的形式是其來有自、自成一體的，無論是悲劇還是喜劇都不靠誰的譜。

換言之，《私人訂製》這樣的作品以後還會出現，至於拍得比這個好還是比這個差，這些都不重要，因為中國大陸存在著一個廣闊無垠的、人民大眾喜聞樂見的、製片商和編導演們都願意投身其中的文化消費市場——最近幾年來一再刷新的高票房記錄，就已經一再證明這一點。這一切都是時代精神的體現之一，它與民眾審美需求和價值觀念的正確與錯誤、高尚與庸俗沒有太直接的關聯，而是與旺盛的需求有關、與價值的表達有關。譬如，所謂第五代導演的另一位代表人物陳凱歌，一年前不也用《搜索》（2012）這樣的新市民電影向市場靠攏了嗎？

據說有位叫作瓦萊里的外國人曾經說過：「沒有任何一種理論不是某種精心準備的自傳的某個片段」[19]。把這句話中的「理論」一詞換成「作品」也同樣講得通。具體地說，《私人訂製》所依據的王朔的原作（小說）就是王朔本人的自傳，從《甲方乙方》迄今，凡是馮小剛導演的影片也都是如此，只不過推向市場時，貼的是馮氏商標而已。偶然看到的一則新聞報導講得更為通俗易懂，值得引用如下：

「據說馮小剛對王朔推崇備至,能把王朔的小說倒背如流。只可惜,王朔似乎對馮小剛並不認同,兩人之間也傳出各種版本的江湖恩怨,但王朔對馮小剛的影響卻無法抹殺」[20]。

對此,再套用一句新近流行的網絡用語,那就是「人艱不拆」(表示「人生已經如此的艱難,有些事情就不要拆穿」)[21]。

己、多餘的話

子、真實性

這始終是 1949 年之後中國大陸電影最大的一個問題,而這個問題隨著時間的推移,越來越嚴重。簡單地說,在 1949 年之後,中國大陸電影在這一方面存在著根本性的缺陷。譬如在 1949 年～1978 年這三十年的中國大陸電影中,基本上不存在真實性;電影基本上都是意識形態宣傳和教育的衍生品,或者說是「宣教產品」而不是電影作品;「真實性」的回歸肇始於 1980 年代中期,到 1990 年代第六代導演出現才得以全面落實——《私人訂製》當然不在這個序列當中。

丑、拷打情結與中國大陸觀眾

《私人訂製》的片頭段落讓我激動萬分,就是客戶要求體驗被法西斯拷打那幾場戲,(對阿爾巴尼亞電影《寧死不屈》和大陸《在烈火中永生》片段的場景再現模擬)。這幾年我正逐部討論 1989 年之前引進並在中國大陸社會產生重大影響的蘇聯、東歐,以及北朝鮮、北越等社會主義國家的電影〔註11〕。

〔註11〕我對這些國家影片的具體討論,已經有一小部分以學術論文形式公開發表於中國大陸各層級雜誌,其未刪節版均收入《黑乳罩:1949 年後外國電影在中國大陸的文化傳播和世俗影響》(「人民共和國文化與文學叢書」第二編,第十五、十六冊,臺灣花木蘭文化出版社 2015 年 9 月版),敬請參閱。

王朔和馮小剛都是 1958 年生人，比我年長幾歲，但都屬於看著這些電影長大的一代人，大家共同點之一就是對這些外國電影和「紅色經典電影」的記憶終身難忘。

　　三十歲前我已經承認，一個人的人生觀、世界觀、價值觀、審美觀，以及包括人格心理和性審美心理模式都塑定、完成於十五歲之前；同時完成奠定的，還有一個人的電影觀念──當你還不知道電影到底是什麼的時候。

寅、演員的表演模式

　　就《私人訂製》而言，演員其實不需要什麼創造性，以及悟性和領會性，只要跟著導演的一貫的路數走就可以了──實際上也是如此。即使像葛優、宋丹丹、范偉這樣的大牌和老牌明星也沒有什麼新鮮花樣，不是他們沒那個能力而是不需要。道理很簡單，新市民電影要的就是丑角出彩和喜劇效果，而這些都是這三位的拿手好戲，按照自己的模式演就成。歷史上的新市民電影靠的就是明星效應，演繹的是世俗真理；與之形成對照的是左翼電影──無論是歷史上的左翼電影還是 2000 年以後的中國大陸新左翼電影（以及國粹電影和新國粹電影），從來都是靠主題思想取勝的，所以根本不需要這些花頭。

卯、李成儒

　　我想我和許多觀眾一樣，最初是從 1996 年的六集電視連續劇《過把癮》中認識和喜歡這個演員的。《過把癮》根據王朔的幾部小說改編而來，由李曉明、黑子編劇，趙寶剛導演，社會影響很大，主要是捧紅了王志文和江珊。當時李成儒飾演的，是一個從中學時就暗戀女主角杜梅的暴發戶。這個演員與其說是演得好、演得貼近角色，不如說是完美地演繹了王朔心目中的那些市井俗人小人物。

　　除了李成儒，《過把癮》中其他幾個男女配角也都讓人過目難忘，譬如飾演潘祐軍的趙亮、飾演賈玲的劉蓓，以及飾演韓麗婷的史可——那真是個明星輩出、星光璀璨的好片子。要說《私人訂製》的出彩之處，還真就是李成儒的復出：這種有才、有型、有力的演員才是中國電影的希望。〔註12〕

初稿日期：2014 年 1 月 14 日
初稿錄入：姜菲
二稿改定：2014 年 1 月 24 日～2 月 10 日
圖文修訂：2017 年 5 月 18 日～6 月 24 日
新版校訂：2020 年 3 月 8 日～4 月 1 日

〔註12〕 本文的底稿是我 2014 年 1 月 14 日在海南大學的一次講演，稍事修訂後，我將主要內容約 16000 字（不包括專業鏈接 2、專業鏈接 3，以及已、多餘的話），以《為什麼說〈私人訂製〉再次證明了新市民電影的健在？——從 20 世紀 30 年代中國電影歷史上的左翼電影和新市民電影說起》為題，投給南方一家雜誌，但很快就被退稿。理由是該刊外審專家認為，我的文章「寫作語言格式與論文規範有一定距離，將當下中國語境與左翼時期做簡單類比也有牽強之處，不建議刊發」；而雜誌主編也認為，拙稿「對 2000 年以後大陸文化視野中的新左翼電影的命名及當下社會階級性的表述都較為敏感，不適宜公開出版」，所以，「終審結果是無法錄用」。
　　我理解那位同行的意見，也體諒雜誌不建議刊發的決定。（需要說明的是，近年來，無論是學術觀點還是寫作格式，我始終有意識地與所謂規範拉開距離；另一方面，該雜誌主編對我的投稿一直抱著網開一面、熱情扶持的態度，譬如我另一篇討論越南電影《琛姑娘的松林》的文章被一位外審專家否定後，主編就立刻約請了另外一位外審專家重審，最終得以在下一期發表，隨即被中國人民大學書報資料中心《複印報刊資料》2014 年第 9 期《影視藝術》全文轉載）。
　　於是我聽從一位同事的建議，將文章又投給北京的一家大牌專業雜誌，為此還專門拜託了三位舊友代為溝通，結果不出一個星期就被直接拒了。於是我再投《當代電影》，最終發表於 2014 年第 5 期。但由於版面限制和行業行文習慣的原因，文章發表的時候，無論語句還是注釋，均有被刪改之處。此次新版，全部恢復原始面貌（以黑體字標識）並專門配置了 66 幅影片截圖、3 幅影片 DVD 封面封底及碟片照。特此申明。

參考文獻：

〔1〕豆瓣電影〔EB/OL〕.https://movie.douban.com/subject/10605978/〔登陸時間：2017-06-24〕。

〔2〕百度百科〔EB/OL〕.http://baike.baidu.com/link?url=m9OVDqgs15Vt03XIU-RitTcPy9iOVHw_rUvu4NcTPqwz1KCYj8VfhKx-X4eDlf8CF-Pk1e3_qb88J7eff0EhSa。

〔3〕新浪微博〔EB/OL〕.http://weibo.com/fengxiaogang#!/p/1035051774978073/weibo?from=page_103505_home&wvr=5.1&mod=weibomore#3660758409458555。

〔4〕百度百科〔EB/OL〕.http://baike.baidu.com/link?url=m9OVDqgs15Vt03XIU-RitTcPy9iOVHw_rUvu4NcTPqwz1KCYj8VfhKx-X4eDlf8CF-Pk1e3_qb88J7eff0EhSa。

〔5〕百度百科〔EB/OL〕.http://baike.baidu.com/link?url=m9OVDqgs15Vt03XIU-RitTcPy9iOVHw_rUvu4NcTPqwz1KCYj8VfhKx-X4eDlf8CF-Pk1e3_qb88J7eff0EhSa。

〔6〕紫雨.新的電影之現實諸問題〔N〕.北京：晨報「每日電影」，1932-8-16//三十年代中國電影評論文選〔M〕.北京：中國電影出版社，1993：586.

〔7〕陸弘石，舒曉明.中國電影史〔M〕.北京：文化藝術出版社，1998：41.

〔8〕李道新.中國電影文化史〔M〕.北京：北京大學出版社，2005：145.

〔9〕李少白.中國電影史〔M〕.北京：高等教育出版社，2006：57.

〔10〕丁亞平.影像時代──中國電影簡史〔M〕.北京：中國廣播電視出版社，2008：51.

〔11〕袁慶豐.20 世紀 20 年代中國電影文化生態的低俗性及其實證讀解〔J〕.杭州師範大學學報，2009（4）：51～55.

〔12〕袁慶豐.中國現代文學和早期中國電影的文化關聯──以 1922～1936 年國產電影為例〔J〕.中國現代文學研究叢刊，2010（4）：13～26.

〔13〕袁慶豐.舊市民電影的總體特徵──1922～1931 年中國早期電影概論〔J〕.浙江傳媒學院學報，2013（3）：70～74.

〔14〕范伯群.「電戲」的最初輸入與中國早期影壇──為中國電影百年紀念而作〔J〕.鎮江：江蘇大學學報，2005（5）：1～7.

〔15〕程季華.中國電影發展史：第 1 卷〔M〕.北京：中國電影出版社，1963.

〔16〕袁慶豐.1922～1936 年中國國產電影之流變──以現存的、公眾可以看到的文本作為實證支撐〔J〕.學術界，2009（5）：245～253.

〔17〕百度百科〔EB/OL〕.http://baike.baidu.com/link?url=m9OVDqgs15Vt03XIU-RitTcPy9iOVHw_rUvu4NcTPqwz1KCYj8VfhKx-X4eDlf8CF-Pk1e3_qb88J7eff0EhSa。

〔18〕佚名：《賀歲片是什麼——中國大陸賀歲片研究》〔EB/OL〕. http://www.wdfww.com/Article/xslw/ys/dy/200807/Article_31762.html （2008-7-2），〔登陸時間：2010-4-23〕。

〔19〕李三達.阿爾都塞的殺妻與被弒〔J〕.讀書，2014（1）: 92.

〔20〕孫磊.馮氏喜劇進化史〔N〕.週末. 2013-12-12//作家文摘〔N〕.201-12-27 （3）.

〔21〕百度百科〔EB/OL〕.http://baike.baidu.com/link?url=m9OVDqgs 15V t03XIU-RitTcPy9iOVHw_rUvu4NcTPqwz1KCYj8VfhKx-X4eDlf8CF-P k1e3_qb88J7eff0EhSa。

2013：「Personal Tailor」——New Citizen Films Live Forever

Abstract：The question about *Personal Tailor*--- the 2014 New Year's film ---- is not about the quality of the film, but the classification of the film.In the history of Chinese films in 1930s, there has been some film forms with a distinctive nature and mode such as left-wing films and new citizen films. Mainland Chinese films have repeated this history since 1990s.These films don't conflict with mainstream values directly, adhering to conservative social criticism stance, meeting the audience's new need for visual wonder as much as possible, by means of secular expression to convey vulgar philosophy.This is the main feature of the new citizen film in history. It is also the main reason for the new generation of new citizen films to be praised or criticized, including Personal Tailor.

Key Words：Chinese film history; left-wing film; new citizen film；entertainment first;*Personal Tailor*;

圖片說明：在中國大陸市場上公開銷售的《私人訂製》DVD 碟片。

附錄一：2005年：《定軍山》——早期中國電影歷史生成的當下描述與歷史真實的強行對接

圖片說明：中國大陸市場上的《定軍山》DVD碟片之封面、封底（圖片來源：孔夫子舊書網 http://book.kongfz.com/189765/1266811459/）。

內容指要：

為紀念中國電影誕生一百年而攝製的故事片《定軍山》，其藝術表達一方面依然

受到大陸在 1949 年後形成的歷史史觀與話語編碼體系的慣性制約，另一方面，隨著 2000 年後大陸經濟的勃興和電影市場的商業考量壓力，又呈現出感情戲開採過度的特徵，結果形成的不僅是對民族主義和文化傳統讀解的偏狹立場，而且導致生成中國早期電影歷史真實和藝術真實之間強行對接的讀解困境。

關鍵詞：《定軍山》；中國早期電影；歷史真實；藝術真實；文化心態；

專業鏈接 1：《定軍山》（故事片，彩色，有聲），中國電影集團公司北京電影
製片廠、星美傳媒集團有限公司 2005 年出品，（1905 電影網）
視頻，時長 98 分 44 秒。

　〉〉〉原著／編劇：姜薇；編劇：李小龍、王賀、王琛、安戰軍；
　　　　導演：安戰軍，攝影：蔡抒南，美術：楊寶成，

　〉〉〉主演：楊立新、譚元壽、郝榮光、梁鏡珂、呂中、張國民、
趙濱、曲寧。

專業鏈接 2：影片獲獎情況：

2006 年：第 13 屆北京大學生電影節組委會大獎[1]。

專業鏈接 3：影片鏡頭統計：（略）

專業鏈接 4：影片經典臺詞

　　　「臣弈劻恭請太后老佛爺聖安」——「罷了」——「謝太后老佛
爺。臣有一事啟奏太后老佛爺」——「說吧」——「近年來，街市上
有法國人的西洋電光影戲異常鼎盛，臣民皆觀之踴躍。臣以為此影戲
是洋人之技，但確實讓人耳目一新。懇請聖母皇太后撥冗，觀賞一下
這西洋玩意兒」——「嗯，知道了，你們就瞧著安排吧」——「臣遵
旨。」

　　　劉仲倫：「都是洋人甩給咱們的二流片子，成天介《火車進站》、《火
車進站》誰愛看呀師傅」——任景泰：「哎呀，西洋影戲，玩意兒是好
玩意兒，只可惜這命門把在外國人手裏！」

　　　任景泰：「譚老闆，我給您帶來新鮮東西來，今天讓您瞅瞅，哎，
把幕布掛上！」——譚鑫培：「哎喲，這不是我們家大門口兒嗎？嘿
嘿，照出來還真挺氣派的呀。這個就是那天早上起來照的？」——任
景泰：「譚老闆，您說對了，這就是前幾天在您家門口給您照的，這

叫西洋影戲。這一放出來，您看，有點意思吧？」——譚鑫培：「嗯，我原來聽人說這個影戲不錯，今兒我一看還真有點意思」——任景泰：「譚老闆有意思的還在後頭呢！」——譚鑫培：「哦？」——任景泰：「過幾天，您扮上，正經八百唱兩齣，我給您拿影戲匣子照下來。一來呢，咱們中國有了自己的影戲！」——譚鑫培：「嗯」——任景泰：「二來，咱們譚派的戲碼都讓我照下來，什麼時候您不唱了，大傢伙兒照樣能看到您的風采。咱們影戲和京戲兩好合一好，您看這事兒成吧？」——譚鑫培：「我看不成」——任景泰：「怎麼了？」——譚鑫培：「這影戲盡是影兒，沒有聲兒，這我看著彆扭！」——任景泰：「譚老闆，您先別說彆扭，一半天我們就要進宮給太后老佛爺放影戲了！」——譚鑫培：「哦？」——任景泰：「太后老佛爺要是稀罕這玩意兒，天下人誰還敢說彆扭啊？您就瞧好吧！」——譚鑫培：「好，那我就瞧好吧！」

　　劉仲倫：「別瞧了，這兒比我那兒安全多了。現在沒什麼生意，平時也沒人上來」——雅琦格格：「行，那就湊合吧」——劉仲倫：「那，您自己收拾收拾就睡下吧，沒什麼事那我先回去了」——雅琦格格：「哎，等等。幹什麼去？」——劉仲倫：「我回去啊！地兒給您找好了您還讓我幹嘛呀？」——雅琦格格：「我告訴你，我從來沒一個人在外面睡過覺，這兒這麼黑又亂七八糟的，我怎麼睡呀，你要嚇死我啊你？」——劉仲倫：「哎，我可沒這膽啊！要不這麼著，您回去，我在這兒？」——雅琦格格：「行了，少廢話！一邊待著去，看著我睡！」——劉仲倫：「嘿，我看著你睡？哎呦，您就饒了我吧。您是格格，我是一草民，我這腦袋還想在肩上多扛幾天呢！」——雅琦格格：「你腦袋扛幾天我是不管，我告訴你，你現在不能走！」

　　任景泰：「譚老闆，我看過您好幾張戲照，雖說照的都很地道，可這裡邊有個理兒，我一直沒跟您說透」——譚鑫培：「哦，有話你說呀」——任景泰：「譚老闆，譚派藝術要真想千秋萬代，非照影戲不可。您想啊。不照影戲後人宗譚，難道憑著一張相片就能一點不走樣的吧？」——譚鑫培：「任老闆，我看你是不到黃河不死心哪！」——任景泰：「不瞞您說，我都預備好了，就等你一句話，您要是答應，咱們立馬上車去我的豐泰照相！」——譚鑫培：「任老闆，您是知道的，我們京

戲講究的是唱做念打，對嗎？」——任景泰：「對啊！」——譚鑫培：
「要是按你這個影戲，我們京戲可就剩了打跟做了！」——任景泰：「怎
麼講？」——譚鑫培：「影戲那是啞巴片兒啊！」

專業鏈接 5：影片觀賞指數（個人推薦）：★☆☆☆☆☆

甲、前面的話

　　1905 年（清光緒三十一年），在著名京劇演員譚鑫培六十壽辰之際，他的
好友之一、北京豐泰照相館老闆任慶泰用一架法國製造的攝影機，為他拍攝
了京劇《定軍山》中的幾個動作片段，是為中國人自己拍攝的第一部影片[2]
P14。1999 年，中國大陸和國外的一家製片公司曾以這一歷史事件為背景，聯
合演繹過一部名為《西洋鏡》的影片〔註 1〕；2005 年，大陸兩家公司又聯合攝
製名為《定軍山》的故事片，以「紀念中國電影 100 年」。

　　兩部影片的製作在時間上雖然相差六年，但它們所反映的歷史事件，以
及影片所要表現的主要歷史人物都是一致的。這些都沒有什麼可以批評的地
方，只不過，令人糾結的是，兩部影片的主題思想或曰製片宗旨，都呈現出
一種在特定的時代文化視角下所形成的文化黑洞現象，即用當下以偏概全的
民族主義的立場來看待和解讀歷史，用當下過度開採的情感表現來重構歷史
本來，從而既造成中國早期電影生成的歷史描述與歷史真實之間的錯位，也
導致對歷史真實的遮蔽和人物形象的歪曲。

〔註 1〕《西洋鏡》(*Shadow Magic*)，編劇：黃丹、唐婁彝、Kate Raisz、Bob Mc Andrew、
　　　　胡安；導演：胡安；攝影師：Nancy Schrieber、溫德光；作曲：張麗達；音樂
　　　　顧問：Howard Shore；主演：夏雨、Jared Harris、劉佩琦；北京電影製片廠、
　　　　美國子安製片公司 1999 年聯合攝製。我對這部影片的具體意見，祈參見拙作：
　　　　《糾結：生成早期國產電影史前史回顧的文化視角與邏輯判斷——以 1999 年
　　　　中美合拍片〈西洋鏡〉為例》（載《浙江傳媒學院學報》2010 年第 3 期）。

乙、主線副線的置換與大陸電影中人物階級性的慣性制約

　　儘管兩部影片的編導在那些有名有姓的歷史人物身上編派的史實、戲份有所區別，或者，在這些人物身邊安排的虛構人物有所不同，但它們有一點卻是共通的，那就是試圖從所謂第一部國產電影誕生前後的這段歷史當中，建構一個意義非常宏大、使命非常沉重的思想主題，即中國人怎樣在那個時候通過自己的努力、克服了怎樣的困難，最終拍出了自己的第一部電影，進而彰顯民族自尊心、提升中國文化傳統的當下地位。

　　這兩部影片還有一點驚人的相似就是，它們事實上都沒有很好的把握和真實地表現這段歷史，因為兩部影片都把大量的篇幅和精力放在了情感戲上，結果使影片的副線成為影片事實上的主線；任意編排和渲染男女之間的情感糾葛和所謂戀情，實際上將原本嚴肅的文化主題消解為庸俗的男女情感糾葛。結果使得對生成中國電影歷史的追尋，成為莫名奇妙的男女情慾的集散地，最終遮蔽了歷史真實。

　　大概是顧忌到已是老闆的任慶泰有家有業，所以兩部影片都不約而同地把感情戲的重心放在照相館小夥計劉仲倫身上。只不過，《西洋鏡》中的小劉，是和譚（鑫培）老闆的女兒發生激烈的愛情。而在《定軍山》當中，觀眾看到，由於主副線的置換，所以實際上的主人公依然是熱衷於談戀愛的小劉，只不過這次他所追逐的女人升格為格格。

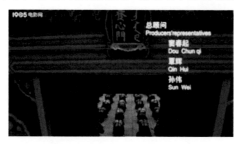

　　換言之，在《西洋鏡》當中，照相館的小夥計追的是演藝界名人的女兒，6年以後的《定軍山》當中，這個被追逐的女性人物竟然升格為貴族小姐。而且，不管小劉的「前任女友」和「現任女友」，其家庭出身、社會地位有著怎樣的變化差別，她們對愛情的態度都是驚人的一致，而且這一致只能用飛蛾撲火、不計死活來形容。

　　在兩部影片中，小劉和戀人之間的愛欲演繹，不僅不分時間（白天黑夜）、不分地點（大街小巷乃至見不得人的角落，譬如在照相館的庫房當中激情四射），而且還發展到了在給國家最高統治者放映電影的現場。其表現的出位和大膽，只能以罪夷所思聳人聽聞、不堪入目來形容。這一點，《定軍山》比早先的《西洋鏡》更進一步：小劉一邊給慈禧太后放電影，一邊與戀人四目相對，雙方愛情擦出火花的時候，放映設備也發生爆炸，真可謂現場直播版的焰火視聽盛宴。

　　故事演義到了這種地步，觀眾其實應該意識到，無論《西洋鏡》還是《定軍山》，影片實際上不僅將中國電影歷史生成的這一歷史事件虛化為背景，而且也將對這一段歷史做出重大貢獻的任慶泰的可書寫性給抹殺掉了，因為影片主線和副線、主要人物和次要人物的位置已經完全被顛倒。事實上的影片主人公或曰原本值得影片關注的歷史人物和歷史事件，成為一段沒有多少文化意義的背景性陪襯。

　　如果說，主線與副線之間的錯位，其直接原因是1990年代以後大陸電影市場的商業化需求，迫使電影的主題思想在完成規避意識形態的硬性制約後不得不在內容和表達上以低俗性取勝的話，那麼，《定軍山》中主要人物和次要人物之間的倒置調整，其深層原因，則是1949年以後大陸電影製作體系中歷史觀念和人物表現模式慣性運作的結果。這一點，相隔6年的兩部影片並沒有任何本質上的差別。中國電影的誕生和中國電影歷史的生成，或曰歷史重任的完成，有賴於那個無產階級出身的照相館小夥計劉仲倫。即使像《西

洋鏡》這樣由所謂中外合資製作的影片，實際上也依然是 1949 年以後大陸所形成的電影製作觀念的模式化體現，完全本土製作的《定軍山》當然更是如此。

　　換言之，影片的主人公、主要人物，一定是來自於社會底層。用幾十年前的話語表述就是，一定是無產階級（城市中的工人階級、農村中的貧下中農），因為只有無產階級才具備官方意識形態所認可的革命性、先進性、正確性。故而，其所謂「歷史是人民創造的」，不如說歷史是由無產階級創造的。如果把這兩部影片的題材，放置在 1979 年之前的歷史空間去處理，那麼，出身於資產階級的照相館老闆一定會阻撓無產階級的小夥計去創新和試驗電影拍攝，即使不阻止、不反對、不支持，任老闆也很可能只是從獲取商業利潤或榨取資本剩餘價值的層面，去考慮或被動介入國產電影的生產。

　　但由於兩部影片的製作年代是在 1990 年代以後，而這一時期，由於官方放寬經濟政策的控制尺度，大陸民族經濟蓬勃發展，民族自豪感在意識形態的框架內得到有意識地鼓勵。傳導到電影製作領域當中，就是傳統文化重新得到重視，民族自信心得到無限制地放大。無論是《西洋鏡》還是《定軍山》，都是這種全然失去衡量尺度的集體文化心態在起作用，這樣做的直接後果，就是以所謂藝術虛構遮蔽歷史真實——作品結構上的混亂只不過是其副產品而已。

丙、生成中國早期電影歷史的真實語境以及《定軍山》的強行對接

　　任何人從常識層面都會發現，一個照相師傅並不具備主導照相館業務戰略前景的地位、身份和能力；也就是說，作為照相館的小夥計，影片這樣的編排不具備歷史真實性。顯然，由照相館業務生發出的電影製作，其唯一主導是老闆任慶泰，劉仲倫就算是老闆手下的首席 CEO，也不過是像影片中不得不承認的那樣，是一介夥計而已。因此，單就《定軍山》而言，它令人糾結的根源，還在於影片描述和表現與歷史真實的強行對接。

在我看來，人們所說的歷史，至少有這樣幾種：第一個是真實存在過的歷史，即歷史的真實或曰歷史的本來；第二個歷史，是不同時代的人們表述的、並在此基礎上試圖逐漸逼近歷史本來，並在這個即時演進中不斷集體認同的歷史；第三個，就是作為讀解者自身完成信息搜集、接收和拼接起來的歷史，用以指導自己看待人生、對待歷史與藝術的文化觀念。

顯然，第一個歷史只是一次性存在，基本上不可能完全復原，因此本真的歷史只有一個，剩下的其實是人們觀念中的歷史或者是歷史觀念。因此，第二個歷史是人們常態的歷史觀念，為大多數人承認、接受，並用以延續歷史本身。第三個是個體解讀並形成的歷史觀念，用在個人身上無可非議，但如果以藝術虛構來替代歷史真實並以公共傳播的方式宣稱這就是歷史的本來，那就無論如何令人糾結，不能不被質疑。

不能否認，《定軍山》和《西洋鏡》一樣，都試圖還原、追尋第一個歷史形態，即所謂歷史的本來面目。可事實上，這種追尋從一開始就陷入了一個既定的模式。這個模式是從當下的現實出發、以先入為主的歷史觀念指導下的表達框架。具體地說，《定軍山》表現的，是在所謂愛國主義和民族主義精神指導下一廂情願、虛構表達的歷史。因此，它不僅損壞了歷史真實，也損害了藝術真實。

《定軍山》所表現的這一段有關中國早期電影的歷史，有幾個不得不提到的歷史性常識，或曰歷史本來面目的幾個片段必須提及，它的真實性必須顧及。

第一，任慶泰和譚鑫培二人的這次跨行業合作（強強聯合），不應該戴上那麼沉重的文化理念和民族文化的闡釋重負。電影拍攝的京劇《定軍山》片段的問世，首先是人情世理、禮尚往來的世俗結果。作為好友，照相館老闆任慶泰為譚鑫培六十大壽用新式機器（電影攝影機）拍攝幾本膠片作為賀禮，與情於理都很自然：自家的機器，怎麼用不行？何況任老闆又是譚老闆的戲迷（「粉絲」）。其次，京劇在 1905 年正處在興盛時代，距離它的衰落還有幾

十年時間，根本不存在要保護文化遺產的問題──這是最近幾十年間尤其是當下才面臨的困境。

第二，有聲電影是 1920 年代末期才出現並進入中國的[2] P156~158，作為被拍攝者的譚鑫培和任何一個知道電影這個新興事物的觀眾一樣，都知道當時的電影（「影戲」）是無聲的，他怎麼可能用「你的影戲沒有聲音，這是啞巴影戲」這樣的理由來反對任老闆為他拍攝？因此，這種突破常識的臺詞編排，並非編導的疏忽，恰恰是其著力注意的一點，為的是賦予一個重大的歷史使命。用影片當中的話說，就是要給後人傳承京劇名家的藝術傳統和文化風采。這樣的編排表達，顯然是過於狹隘也就失於虛假。

第三，拍攝電影和國產電影的誕生，首先是偶然性中必然性的反映。當電影放映在中國已成普及之勢時，本土人士介入電影拍攝只是早晚的事情，而處於同一領域的照相館正好是得風氣之先。作為京劇名角的譚鑫培，當然是電影最有號召力的人選之一。這也可以理解為，第一部國產電影的誕生，其實是電影商業化運作的必然結果，因為電影從一開始進入中國就是一種文化消費，或曰文化產業[3]。

因此，在這個意義上說，2005 年的《定軍山》不僅已經多少脫離了對歷史真實的復原、追摹，而且也離開了為大多數人所認同的歷史，轉換成以自身解讀並以藝術虛構來表達的歷史觀念。而如此這般表達的歷史，就 1949 年以後的大陸電影來說，至少有兩個時期的階段性存在。

第一個階段，是從 1949 年持續到 1970 年代末期。在這個時期內，意識形態統攝藝術創作和理論研究，歷史成為權力話語現場製作的玩偶，直接為現實政治服務。第二個階段是從 1980 年代以來，除了主旋律電影，電影在涉及到歷史真實的時候，那種單一的、狹隘的和專制性的意識形態話語，基本上已經沒有什麼市場，取而代之的，就是意識形態大框架制約下相對活躍的電影市場本身。

　　但是，市場不是萬能的，就電影《定軍山》而言，它對歷史的藝術表達，在指向市場或曰文化消費的時候，在失去歷史真實、偏離常態歷史觀念的同時，又不能不對人物真實、人物形象造成損害。這就是為什麼《定軍山》與 6 年前的《西洋鏡》一樣，在表現明明是幾個男人在經濟領域、商業運作中的強強聯合和資產重組的故事當中，一定要加上大量的感情戲，一再為一個身份和地位底下的小夥計編派出兩個身份不同、但情慾自始至終旺盛的愛欲女子形象的根本原因。

丁、在市場消費觀念指導下的民族主義立場及其溢價增值的文化 心理資源

　　應該說，《定軍山》在人物真實性和人物形象上的荒誕不經，並不是單純以追求商業效益為唯一目的，因為如果是那樣的話，它與《西洋鏡》一樣，對感情戲的調配表現還可以再大膽一些、再暴露一些、再色情一些。它事實上不可以那麼做，它也不會那麼做，為什麼？因為它有一個所謂的歷史使命在約束著和主導著影片的主題，這就是所謂的民族主義的，或曰愛國主義的精神大義，用影片當中人物的話，那就是一定要拍出我們中國人自己的電影（「影戲」）。這種豪言壯語、雄心壯志，建立在一種集體無意識的文化心理當中：這就是五千年燦爛文化，不僅造就了輝煌無比的京劇藝術，新的藝術種類——電影藝術也會同樣輝煌燦爛。

　　在我看來，一個國家或民族的電影發展歷史並不完全是意識形態主導下生成的歷史，至少就中國電影歷史的生成而言是如此。作為一種技術的傳播和一種新興的藝術載體和表達媒介，電影的產生、傳播、發展，乃至於導致了某個國家和民族電影事業的興盛，有其自身的規律，而這個規律也同樣不是在後人的藝術虛構和對歷史的文化想像中生成的。

在幾十年前的電影歷史研究中，就有人認為，電影是「隨著帝國主義軍事、政治、文化的侵略而輸入我國的」[2] P8。幾十年後的今天，這種充滿強烈的意識形態話語色彩的論斷不再有人提起，但在對待本國電影歷史生成的態度上還有市場，只不過是用民族主義和傳統文化的優越感和自豪感來看待和抵禦帝國主義的「侵略」而已。

《定軍山》就是運用這個相對來說比較空洞、卻又是沉重的、而又無所不在的所謂民族主義精神統攝了影片的製作，因此才會出現影片當中被我認為許多不合常理的地方。而且，由於人們不能回到歷史現場，不能看到全部的歷史真相而只能看到一些片段，因此，後人對歷史的表達和闡釋有太多的空間需要追摹、填補和表現，因此這個過程就必然會產生一些虛假的和不能接受的東西，《定軍山》在情節設置、人物形象乃至服裝、語言、行為甚至表演方面存在的問題癥結就在這裡。

或許有人認為，《定軍山》這裡表現的歷史，是一種藝術虛構，應該允許自由判斷和自由表達，進而產生藝術真實。不錯，藝術作品從來允許藝術虛構並以藝術真實取勝。但這種虛構是建立在歷史真實的基礎上，其所派生出的藝術真實同樣也是需要歷史真實的制約。換言之，藝術真實是有前提的，就藝術作品來說，它應該是建立在人物的性格真實和歷史真實的基礎上才可以產生，而《定軍山》中男女人物和感情戲的安排就沒有做到這一點。

如前所述，小劉作為一個小夥計，無論他的技術職稱高低，他人生當中最重要的事情是他的職業工作本身，吃的就是那口飯，而不是一次又一次去追逐和自己身份地位絕不相稱的女人、一次又一次不顧死活、不分場合地去尋歡作樂。

其次，從女性人物來看，無論是《西洋鏡》中譚鑫培的女兒，還是《定軍山》中皇親國戚的格格，這兩個女人有一點是驚人的一致，就是見到這個夥計劉就像沒見過男人一樣，不計後果，瘋狂追求直至不顧場合當場以身相許，這不能不使人想起精神病學中的一種症狀叫「慕陽狂」。

在 100 年前的中國，有這樣的女人嗎？當然有，因為任何時代都有這樣的人物和事情存在，但這樣的存在必然是少數的，正因為是少數的，所以它就不是常態的，因此可以被稱之為變態人物或非常態存在。

這種突破常理的人物性格，看上去是藝術虛構上的錯誤，進而導致藝術真實的喪失，根源在於違反歷史真實。實際上，根本的原因還在於編導偏狹的民族主義文化視角，而這種偏狹視角的確立，實在是當下的文化生態使然。這些現象的根源，在於從 1990 年代以來逐漸興盛的民族經濟以及在此基礎上無限溢價增值的集體文化心理資源。

《定軍山》中有一場雅琦格格和夥計劉在倉庫裏偷情的高潮戲，在兩人激情勃發之際，特意讓那女的先來了段水袖舞。我揣測編導的意思，一是要以一個舒緩的橋段，為後面的生離死別做一個所謂文化語境的技術鋪墊；二是要有意識的加進具有民族特色的中國元素。這一點與 6 年前中外合資拍攝的《西洋鏡》還有一點區別，因為《西洋鏡》必須考慮到國外市場，而《定軍山》雖然不考慮國外市場（實際上它不可能有，至少有沒有都是一個問題），但二者對中國元素的強調使用卻是不約而同的相中並竭力開掘以京劇藝術為代表的民族文化資源。

　　然而就人物性格本身的發展而言，這個橋段又是蒼白無力力不從心的，實際上它不能不被理解為女方對男方的放肆勾引。可笑的是當小劉撲上去喘半天以後竟然是靜場——正在高潮的時候，他突然間掉下來了。這既違反歷史真實更違反生活真實。因為在現實中如果出現這種純屬巧合的情形，你是沒有辦法對女方解釋交代的，但編導為什麼會出現這樣的錯誤呢？為的是將人物的情慾索取強行提升到所謂民族主義精神和愛國主義立場的層面，強行中止的現場表演性行為雖然受制於現行電影製作道德標準，卻又是票房號召力的經濟核算籌碼。

　　正因為如此，所以影片中才一再出現違反歷史真實的場景和設置，譬如任老闆口口聲聲地勸說譚鑫培拍攝電影，說是為了傳承京劇藝術：

　　　　「現在大家都知道您的好，千秋萬代之後，後人誰知道你的好啊？」

　　這樣的歷史高度和對傳統文化的過度考量，也只有把京劇當做非物質文化遺產來拯救看待的今天可以說。為什麼？歷史常識告訴人們，即使在今天，所謂徽班進京也不過200年的時光而已，而在1910年代直至1930年代，京劇表演藝術正處於黃金時代，眾多名家名角和眾多流派生逢其時，正在繁榮昌盛的高峰時期，其藝術影響力正由上層社會向下層社會整體蔓延。說白了，在1905年前後，京劇的黃金時期還遠未結束，距離淪為邊緣藝術的時間至少還有幾十年……[4]。《定軍山》怎麼會有這麼一個超前文化理念？其違反歷史真實的表達，不正是來源於今日無限溢價增值的集體文化心理嗎？

戊、結語

　　明白了這一點，就會明白為什麼在《定軍山》中，違反歷史真實的細節隨處可見。譬如影片最後設計的高潮戲：當銀幕上出現譚鑫培唱戲的影像時，觀眾因為沒有聲音開始起哄，危急之際，譚本人現場高腔配音，鎮住場面。

這是編導非常用心的地方，可惜它是靠不住的，正是因為靠不住，所以只能是一個偽高潮。因為西洋影戲進入中國以後，本身就是無聲的。對這一點，販夫走卒引車賣漿者流無不知曉，人們起什麼哄？

其次，以譚鑫培這樣的地位身份，按照影片的描述——如果真有這樣一段歷史真實的話——連最高統治者慈禧老太婆都知道譚老闆叫譚叫天，都屈尊請他進宮唱戲，這樣的身份這樣的地位，譚鑫培怎麼會在這種野場子野檯子上放歌一曲呢？如果不是政府行為，你哪天見過當紅影視明星能到街道菜市場獻藝義唱，為的是推銷朋友新培育上市的大白菜？

總而言之，統而言之，一言以蔽之曰，這是不可能的，所以它違反歷史真實。既然違反了歷史真實，因此不論你表達的主題是多麼宏大，你要承擔和發揚光大的文化傳統多麼具有歷史使命感，或者多麼具有愛國主義精神，都是沒用的，因為它是站不住腳的。

在我看來，電影《定軍山》不能說它是用心不好，但遺憾的是，它所表現的這段歷史，由於以上的種種的不真實，因此造成了影片整體性的失敗。然而我一再強調，它的努力也不是全沒有功效。

年前討論《西洋鏡》的時候我曾經說，這部影片整體上不對頭，但卻有幾句特別傳神的臺詞。一句是一幫游手好閒之徒第一次在場子裏等著看影戲，由於圖像一時半會兒出不來，就有那架著鳥籠的閒漢喊：「嘿，快點，誰也不是閒人」。這個很傳神，因為他本身就是一閒人。再一句就是任老闆率眾夥計第一次給慈禧放電影，觀看過程中，老太婆表揚說：「洋人在這方面就是有長

進」。這句臺詞是不是慈禧說的其實不重要，其傳神之處在於它傳達當時國人整體的文化心態，而這種心態迄今也還是沒有什麼根本變化。

在《定軍山》當中也有句很傳神的臺詞：小劉帶著格格女友去洋人那兒租借攝影器材，談妥價錢之後，洋人中英文兼用說：「OK，辦個手續」。這句神來之筆形象地表明，外國人已經掌握了中國文化的精髓部分（或曰中國社會世俗運行的核心機密）。其弔詭之處完全可以和今天英語當中增加的那個叫GUANXI（關係）的新詞彙相媲美。就此而言，《定軍山》的文化邏輯，與一百多年前的中外關係在民族主義立場上形成精神互滲的同時，又以中方的大獲全勝佔先。

最後，我願意再強調一遍，影片最後結尾那段試圖推向高潮的橋段，編導用心良苦，可以清楚地感受到試圖喚起國人民族文化自尊心的努力。但功虧一簣或者說讓人崩潰的是，這一段音樂配器居然是以鋼琴和小提琴為主的西洋樂器，這恰恰與影片的所謂民族文化立場構成一種無可救藥的或者說是致命的反諷。

當然，對文本的理解從來都存在著 N 種解讀，這也包括對歷史的讀解，最可怕的，是只有一種強加於人的歪曲解釋、一種對歷史偏狹無知的藝術表達。正是因為如此，「本片在全國放映時，檔期極短，票房慘敗」，網友不僅認為「本片不值得去電影院看」[5]，還有觀眾號召：抵制《定軍山》這樣的電影，「是全體中國國民的責任」[6]；更有人通俗明瞭地指出：《定軍山》是「爛片」[7]。**觀眾不傻。**〔註2〕

初稿時間：2009 年 10 月 15 日
初稿錄入：喬月震
二稿時間：2009 年 10 月 31 日～12 月 12 日
新版校訂：2020 年 4 月 1 日～2 日

〔註 2〕本章最初曾以《〈定軍山〉的雙重糾結：早期中國電影歷史生成的當下描述與歷史真實的強行對接》為題，發表於《浙江傳媒學院學報》2010 年第 1 期（杭州，雙月刊；責任編輯：華曉紅），後作為《附錄 2》，收入拙著《黑夜到來之前的中國電影——1937 年現存國產影片文本讀解》（中國廣播電視出版社 2012 年 1 月第 1 版）。此次輯入，除了校訂個別文字錯訛和少數文字修訂（均以黑體標識），還新增四條專業鏈接並配置了 32 幅影片截圖和 DVD 相關圖片，以及新的英文摘要。特此申明。

參考文獻：

〔1〕豆瓣〔EB/OL〕.https://movie.douban.com/subject/1915339/，〔登錄時間：2020-4-1〕

〔2〕程季華.中國電影發展史：第 1 卷〔M〕.北京：中國電影出版社，1963.

〔3〕范伯群.「電戲」的最初輸入與中國早期影壇——為中國電影百年紀念而作〔J〕.江蘇大學學報（社會科學版），2005（5）：1～7.

〔4〕孟靜.梅蘭芳：意態由來畫不成〔J〕.北京：三聯生活週刊，2008（45）：46～51.

〔5〕臭豆腐.中國電影的祖宗〔EB/OL〕.//2009-06-17 12：02：59，豆瓣網〔EB/OL〕.http://www.douban.com/review/2078562/〔登錄時間：2009-10-10〕.

〔6〕卡夫卡·陸（KavkaLu）：姜薇，你讓《定軍山》蒙羞了！〔EB/OL〕.//2006-03-25 04：49：55，豆瓣網〔EB/OL〕.http://www.douban.com/review/1033691/〔登錄時間：2009-10-10〕.

〔7〕rena7884：爛片《定軍山》〔EB/OL〕.//2007-03-24 17：12：58，豆瓣網〔EB/OL〕.http://www.douban.com/review/1137511/〔登錄時間：2009-10-10〕.

The double tangles of Ding Jun Shan：integration of current descriptions andhistorical truth on early Chinese films

Abstract：The feature film *Ding JunShan* was filmed to commemorate the centenary birth of Chinese films.On the one hand, it artistic expression is limited by the historical conception about history study and the inertia of the discourse coding system formed after 1949.On the other hand, with the boom of the mainland economy after 2000 and the pressure of commercial considerations in the movie market, it has also exhibited the characteristics of overexploitation of the emotional part of the movie.As a result, the film shows a narrow position on nationalism and interpretation of traditional culture. The film also makes it difficult to explain the forced connection between the reality produced by the early history of Chinese film and the artistic reality.

KeyWord：*Ding JunShan;* early Chinese film; historical reality; artistic reality; cultural mentality

圖片說明：中國大陸市場上的《定軍山》DVD 碟片（圖片來源：淘寶 https://item.taobao.com/item.htm?spm=a1z10.3-c.w4002-5595788359.19.72a142b69iO5N2&id=595279977246）。

附錄二：我真的不知道這書評的題目怎麼寫

叢禹皇

幾日前去出版社幫袁老師拿樣書，編輯老師問我能不能順便寫個書評。受寵若驚的我在幾天之內飛速然後又慢慢的看完了十二部電影和一本沒能被命名為《黑旗袍》的書，然後又去問寫書評有什麼特殊要求。我得到的回答首先是沒有，其次，沒寫過書評還沒看過書評嗎？寫寫你學到了什麼，這本書對你的價值觀念產生了什麼樣的影響之類的。

我想這話大概是沒吃過豬肉的話那就好好給我想想豬跑是什麼樣子的。然後我萬分驚恐的藏在了心裏一句話：我沒看過書評。但我想起袁老師往常對同學們留作業的要求：「寫我的不足之處，大膽地寫出對我的批評」，還有一句也是他常說的：「你要是能喧賓奪主我才高興呢」。

兩位前輩對我的要求差距至少在表面看來很大，如果是以前，我大概會像無腦憤青一樣奮筆宣洩，但是隨著年齡和閱歷的微薄增長，再加上為了完成這篇文章看了十二部特定電影的緣故，我想責編與作者的關係大概是約等於制度與百姓的。為了回應兩位老師的期待，我就盡力而為地打打擦邊球，或者只說圈子內的話吧。

不管要說什麼，首先我都要肯定袁老師對他的研究的付出與熱愛。我聽過袁老師的中國早期電影課和外國電影的欣賞課，都很精彩是不用質疑的。但是對比起來，講到中國電影時，老師的熱情勁兒和那說不完的話是在討論外國片子時無法比擬的。理由可能和莫言拿了諾獎一樣，充滿了鄉土風情，

充滿了打根兒裏冒出來的自豪和愛，不論是對那個年代導演深邃的劇本還是演員姐姐們的白花花的大腿。

袁老師的書如同袁老師的人，內容的大概我在課堂也幾乎都聽過。但我的隻言片語必定不能同研究者相提並論，如果沒有這種自知之明我根本不夠格來寫完這篇文章。書中總共寫了十二部電影，絕大多數是描述社會階層中的下等人和平民的苦痛故事，這書給我的第一感覺大概是「這哪是一本寫電影的書」的這種感覺，雖然通篇都在研究導演和他的演員還有他們的電影們。前面這句並非貶義，因為我看來這更像一本袁老師表達自己的書，不然只說電影我哪來的不同意見。

袁老師堅信一點「精英永遠是少數的。」他非常愛舉當年學術雜誌和露大腿雜誌銷量對比的例子。精英量少，平庸人多。這也許是該我們默認的規律，就好像發明電燈泡的是愛迪生，而後百十年無數工人在廠裏做燈泡一樣。袁老認為受了高等教育的人就該是踏入或將踏入精英階層的人，精英就該有精英的樣子。所以無論在生活中，在書中，話裏話外袁老師都極其不喜愛這個全民娛樂的時代。對，就是討厭這個大多數電影都只從視覺上獲取觀眾，靠噱頭換來消費的時代。

書中有這樣一段話：「沉迷於大片和奇觀的人是可恥的，因為他們拒絕睜開眼睛看世界；更可恥的是那些誤導人的人。」我很不贊同他的這種說法，因為這是一個花錢託人就能接受高等教育的年代，是一個去西藏旅一次遊就彷彿參悟了人生真諦的年代；燈紅酒綠才是絕大多數人應付完工作學習或者說走就走的旅行後的生活的主體。

拒絕睜開雙眼看世界的人並不可恥，這是選擇的問題，正如老師常說的那句「審美無爭辯」一樣。難道一個大學生翹課帶著他的男女朋友去電影院看電影，尋思趁著黑燈瞎火之際親個嘴抓把屁股，是為了從電影裏尋找人生意義的嗎？！至於誤導和誤導人的人，那是圈子外的事，百姓別管。

還有老師對於影視商業化的不認可，其實這是時代特性的一種，我覺得無可厚非。社會悄悄變得閉塞和小型資本化導致很多人們比起藝術更愛追求錢，沒錢怎麼繼續拍片子？錢不夠如何拍自己想拍的片子？即便這是歪理，也算一種理。雖然，大多數追錢的人中的大多數沒發現自己只不過是被原本就有錢的人玩了而已。

此外，老師的新書大多圍繞著倆關鍵詞：第五代導演和第六代導演。我

不知道這是怎麼從第一代那兒繁衍下來的兩類子孫，就我的理解來看，袁老師是非常喜愛六代的，雖然也喜歡五代，肯定了五代在視覺表現上的技術革新，以及對美好事物的放大等具有庸常哲學的特點，只是沒真正觸及生活的本質。相較之下，第六代導演從生活取材、再次講述生活，極力刻畫了普通人的真正生活與生命，從藝術的高度上升到講人生哲理的高度，更加值得讚賞。例如老師這樣說：「影片故事講得好，藝術魅力毋庸置疑。但決定高度的，是它的哲理性，而且遠高於其藝術貢獻。」

我覺得，拍片子是自由的，形式和內容什麼樣都沒錯，都是好的，因為總歸是生活，思想或者妄想的影射。我一直都不喜歡這種代際劃分法，關於藝術氣息、技術特效與生活風味、生命本質的比較，喜愛哪個都可以用上一段的「審美無爭辯」來圓場。在我看來，張藝謀是張藝謀，馮小剛是馮小剛，誰就是誰，自己拍自己的電影，一個人一個味兒，哪來什麼一二三四五。要說某些導演確實有一些共通的特性，但是過多的強調五和六，整體將其描述為第五代重視技術和美的視聽追求，第六代無意追尋美學效果，致力於主題思想與人物形象塑造的革新等等等，聽起來總是怪怪的。

給我印象頗深的還有這樣一段話：「（前略），這從一個方面反映出中國當代電影的艱難處境：體制內的產品，絕大多數無視和迴避社會矛盾，罔顧當下現實和民眾對歷史真相的尋求，從根基上敗壞了國產電影的聲譽。」

可是，導演就是導演啊，想拍什麼和能拍什麼是個圈裏圈外的事，在這扯到什麼時代的潮流有點放大話題的意味，但針對個人來講，那只是做自己的工作以及用自己的方式做工作罷了。難道我和其他一群同樣懷抱夢想的窮學生一起去國貿或者中關村的某校區借錢報名參加了一個奧斯卡培訓班，畢業以後替導演扛攝相機的時候，我要正氣凜然的說道：「別叫我打雜的，請叫我奧斯卡」嗎？

我在這裡說了很多反駁袁老師的話，而不去談論或評價甚至讚賞袁老師講電影的這本書本身，但我想這不算跑題，這只不過是像我們把課堂後的作業拿到書面上來討論一樣。另外我覺得書要自己看，想法要自己有。如果多少人沒看過這些電影，那聽我根據袁老師的文章再評價電影或書也沒有意義，遣詞造句文章句法用的使用好壞是袁老師小學老師教的，幾十年了也改不了了，再說我也看不出來。這個世界上不應該有經由他人之口修飾的自己的語言，也不應該有經由他人之腦修改的自己的思想。

　　總感覺書評寫著寫著就變成了人評，好像影評這評那評都一樣。電影我們看著看著就變成了看導演，看演員；看書我們看著看著就變成了看作者，看思想。一年多以來和袁老師學習我的收穫是巨大的，我能大膽的一一挑著書中自己持有反對觀點的觀點，然後毫無顧忌的在此表達，全是因為袁老的影響。

　　袁老師就像他寫的文藝青年一樣，有點二，有點軸，死活不肯同俗流，此外還一直敢大膽的說出想法，有時意外的單純，甚至單純到他是文科出身，面對理工科的我就以為我應該掌握他沒學過的一切擺弄對象的知識。我真希望我用不明白相機和腳架時，袁老師批評我的話是沒有常識、懶，而不是指責我為什麼不好好聽那個門牙很大的電路老師講課。

　　但就是因為老師是個老頑固，所以多年來的積累變成今天的成果。因為他能真誠的對每一個人說謝謝和對不起，才會被評價為「他就是這麼可愛的一個男人。」書裏不單單是講了十二部電影和幾個導演，更是老師對人生的體會和對社會的思考，以及他對自己年輕的美好時代的執著與無限認可。所以袁老師更多時候看上去像一個憤青，當然書中沒有，在面上說多了會被一悶棍打回圈裏的，因為這個社會從不讓你變回原形。

　　但正是因為本色，書中才會有袁老師研究得來的一家之言，屬於他個人風格的電影分類和解讀。讓人有所啟發的話語，更是不在少數的。例如，「人生不是拍電影，我們沒有轉場，把悲痛過後的事情代之以歡樂。」我對這句話印象尤深，這不是一句感慨，而是說給每一個人聽的。

　　我一再提出書中的觀點，可已經反對不起來了，想誇讚似乎也總是詞窮，看來說人好話總比說人壞話難。

　　袁老師的新書說是曾經想用「黑旗袍」做前綴，但是被認為含有情色元素，不果。我也不太贊同出版社後來的刪節，因為旗袍正是象徵著中國的文化。研讀中國新世紀以來的電影，用旗袍來表現是很合適的。至於黑字，那可能更多是因為袁老師之前的書名的第一個字都是黑的緣故，黑旗袍的由來與其說帶有顏色，還不如用強迫症來解讀。

　　另外，書中也去掉了袁老師對於某些電影中的性的解讀，我認為可能是因為讀者年齡層次不一，也許會在不同程度造成意外影響的原因。這是值得肯定的做法，為了讀者嘛。然後當我看到書中的作者照片時，不自覺的笑了。

果然這才是真的袁老師啊。因為，在他身後的牆上，貼滿了女明星的性感照片。

回歸到這本書，我認為，不論是把它歸類到研究中國新世紀電影的歷史，發展及方向的讀本，還是將其當作一本有關社會科學的書都是不為過的。因為在書中你會看到你想看的和許多有意思的東西。

你可曾想過一個研究電影的還不咋老的教授窩在他的辦公室中，一點點在鍵盤上敲著他對諸多電影的意義解讀，文化探討，深則至意識形態，淺顯則社會民生，一攢就是二三百篇等待發表。如今這本書的出版，就正是老師多年辛勞體現的一部分。

想起我第一次走進袁老師的辦公室，那景象至今忘不了：一隻狗，一個茶壺，一堆破爛和爛馬器糟的書堆中裹著一個人。那些東西，變成了現如今的一篇篇文章。

2014.4.4

注：作者係中國傳媒大學信息工程學院廣播電視工程專業 2012 級本科生，本文以前從未發表。

附錄三：新左翼電影的歷史性——《新世紀中國電影讀片報告》讀後

鍾瑞梧

　　從 2004 年的全年 15 億票房到 2014 年第一季度的 67 億票房，中國電影就像一個極速膨脹的星球，既壯大著自個的體量引人觀瞻，又把各種脫軌的碟石不客氣地甩到觀眾的臉上。這是一個美麗的新世界，又是一個「天雷滾滾」的馬戲場，各種發酵的話題與瘋狂的亂象接連上演，被點燃的輿論不僅不會引火自焚，相反，為中國電影的「昌榮」多加了一把火。

　　有人對此不以為然，他只對銀幕上的每種影像化的現實深感興趣，因其背後就是這個錯綜複雜的現實場域——歷史的、市場的、主觀的、天注定的，都在左右著中國電影的銀幕呈現，而它們又不是完全割裂的。在這種情況下，把握新世紀中國電影的全貌決然不易，見微顯著也不失為一種策略。這，便是袁慶豐教授在《新世紀中國電影讀片報告》中所採用的體例，只不過他所選擇的「代表性影片」，終究是會眾口難調的。

　　而另一方面，中國電影的「大爆炸」自然也帶動評論的喧嘩，無論是學術論文還是各類影評，都會在影片上映之後持續地對之進行反芻，既然這樣，這本書又有什麼可期待的呢？事實上，作者最熟悉的領域在於民國電影，而研究民國電影的初衷是因為在新中國成立後幾十年的電影史中感覺到了一種歷史的脈絡，由此方追根溯源，在民國電影中找尋中國電影敘事與理念表達的源頭。因此，這本書對新世紀中國電影的觀察勢必是一種偏重歷史性的眼光，最為典型的體現便是作者所提出的「新左翼電影」概念，作者用它來指代一批第六代作品如賈樟柯的《小武》、王超的《安陽嬰兒》、李楊的《盲井》

等，這些電影中的底層敘事甚或階級對立等都與上世紀三十年代的左翼電影異曲同工。

筆者很偶然地在中國文學領域裏也看到了相似的概念，即新左翼文學，或可用來對照袁老師所提出的新左翼電影。這一提法源於 2004 年發表於《當代》雜誌上的小說《那兒》，所謂「那兒」是小說中犯老年癡呆症的「外婆」唱「英特耐雄納爾」時誤發的尾音，同時也是她的順口溜：「那兒好，那兒好」，這一設計本身就帶有非常明確的政治指向，與小說中國企下崗職工的命運交相對照，也將那些被遺忘的烏托邦謬言瞬間拉回到人們眼前。

所謂左翼，自然是要站在底層的或曰無產階級的立場上對各種社會不公（有時誤傷所有有產階級）進行抨擊，而《那兒》所指陳的是國企改制導致的高管中飽私囊、國有資產流失、職工下崗等尖銳的社會問題，在某些學者看來，這樣的小說是復蘇了中國文學遺失多年的左翼精神。還有人指出，早在 1997 年的小說《被雨淋濕的河》中，就有作為民工的主人公為捍衛自己經濟權利而對老闆痛下殺手以及家鄉教師為了維護自己利益而集體抗爭的情節。這種階級暴力和對壓迫的反抗正是 1930 年代左翼文學中的經典情節，而事實上，也是左翼電影中顯見的要素，這些在袁慶豐老師的舊作《黑白膠片的文化時態──1922～1936 年中國早期電影現存文本讀解》（2009）、《黑夜到來之前的中國電影──1937 年現存國產影片文本讀解》（2012）中都有充分的論證。

毫無疑問，第六代導演的許多作品都聚焦於底層與邊緣人員，對他們的生活及其所折射的社會頑疾做了真實的呈現，但另一方面，它們的作品有時卻又缺乏明確的階級暴力特徵。如同樣是表現東北下崗職工問題的《鋼的琴》，強作樂觀的悲情意味充盈片中，真正的反抗其實找不到對象，落魄的人們只能追逐、跳舞、罵罵咧咧。

事實上，無論哪個國家、哪個歷史階段，只要不是政治的限制，都能找到底層現實主義的作品，偏要冠以「新左翼」的名號，唯一的用處便是提供一種今昔的對照，折射的是兩種政權都難以走出的某個怪圈。不過在 1930 年代，左翼電影除了基於時局中內有社會不公外有強敵來辱的背景外，還有一項主導性的力量，即密布於各報刊的左翼影評人，許多導演由於未能在影片中呈現「進步思想」而受到批評，包括吳永剛在內的眾多名導都因此接受了輿論為其指引的新道路，也就放棄了自己原有的電影藝術觀。而當下的新左

翼更多是一種自覺，在袁老師的論述裏，新左翼電影得以誕生，正是中國電影幾十年被壓抑的平民化視角與真實性社會記錄功能的大爆發。

2014 年 4 月 24 日

注：作者係中國傳媒大學電影學專業史論方向 2011 級碩士研究生，本文以前從未發表。

主要參考資料

影像資料

1. 《勞工之愛情》（又名《擲果緣》，故事片，黑白，無聲），明星影片公司 1922 年出品。VCD（單碟），時長 22 分鐘。編劇：鄭正秋；導演：張石川；攝影：張偉濤。

2. 《一串珍珠》（根據法國莫泊桑的小說《項鍊》改編，故事片，黑白，無聲），長城畫片公司 1925 年出品。VCD（雙碟），時長 101 分鐘。編劇：侯曜；導演：李澤源；攝影：程沛霖。

3. 《海角詩人》（故事片，黑白，無聲，殘片），民新影片公司 1927 年出品。現存殘片，時長 19 分 31 秒。編劇、導演：侯曜；攝影：梁林光。

4. 《西廂記》（故事片，黑白，無聲，殘片），民新影片公司 1927 年出品。VCD（單碟，殘片），時長：43 分鐘。 編導：侯曜；說明：濮舜卿；攝影：梁林光。

5. 《情海重吻》（故事片，黑白，無聲），上海大中華百合影片公司 1928 年出品。VCD（單碟），時長 59 分 48 秒。編劇、導演：謝雲卿；攝影：周詩穆、嚴秉衡。

6. 《雪中孤雛》（故事片，黑白，無聲），華劇影片公司 1929 年出品。VCD（雙碟），時長 76 分 22 秒。編劇及說明：周鵑紅；導演：張惠民；副導演：吳素馨；攝影：湯劍廷。

7. 《怕老婆》（又名《兒子英雄》，故事片，黑白，無聲），上海長城畫片公司 1929 年出品。VCD（單碟），時長 71 分 11 秒。編劇：陳趾青；導演：楊小仲；攝影：李文光。

8. 《紅俠》（故事片，黑白，無聲），友聯影片公司 1929 年出品。視頻，時長 92 分 03 秒。導演：文逸民；副導演：尚冠武；攝影：姚士泉。

9. 《女俠白玫瑰》（又名《白玫瑰》，故事片，黑白，無聲，殘片），華劇影
片公司 1929 年出品。視頻殘片，時長 26 分 56 秒。編劇：谷劍塵；導演：
張惠民；攝影：湯劍庭。

10. 《戀愛與義務》（故事片，黑白，無聲），聯華影業公司 1931 年出品。視
頻，時長 101 分 54 秒。原作：華羅琛夫人；編劇：朱石麟；導演：卜萬
蒼；攝影：黃紹芬。

11. 《一剪梅》（故事片，黑白，無聲），聯華影業公司 1931 年出品。DVD，
時長 111 分 58 秒。編劇：黃漪磋；導演：卜萬蒼；攝影：黃紹芬。

12. 《桃花泣血記》（故事片，黑白，無聲），聯華影業公司 1931 年出品。VCD
（雙碟），時長 88 分 15 秒。編劇、導演：卜萬蒼；攝影：黃紹芬。

13. 《銀漢雙星》（故事片，黑白，無聲），聯華影業公司 1931 年出品。VCD
（雙碟），時長 86 分 24 秒。原著：張恨水；編劇：朱石麟；導演：史東
山；攝影：周克。

14. 《銀幕豔史》（殘篇，故事片，黑白，無聲，殘片），明星影片公司 1931
年出品。視頻（殘片），時長 51 分鐘 50 秒。導演：程步高；說明：鄭正
秋；攝影：董克毅。

15. 《南國之春》（故事片，黑白，無聲），聯華影業公司 1932 年出品。VCD
（雙碟），時長 78 分 34 秒。編劇、導演：蔡楚生；攝影：周克。

16. 《野玫瑰》（故事片，黑白，無聲），聯華影業公司 1932 年出品。VCD（雙
碟），時長 80 分鐘。編劇、導演：孫瑜；攝影：張偉濤。

17. 《火山情血》（故事片，黑白，無聲），聯華影業公司 1932 年出品。VCD
（雙碟），時長 95 分 41 秒。編劇、導演：孫瑜；攝影：周克。

18. 《奮鬥》（故事片，黑白，無聲，殘片），聯華影業公司 1932 年出品。視
頻，（殘片）時長約 85 分鐘。編劇、導演：史東山；攝影：周克。

19. 《脂粉市場》（故事片，黑白，有聲），明星影片公司 1933 年出品。VCD
（雙碟），時長 82 分 48 秒。編劇：丁謙平【夏衍】；導演：張石川；攝
影：董克毅。

20. 《春蠶》（故事片，黑白，配音），明星影片公司 1933 年出品。VCD（雙
碟），時長 94 分鐘。原著：茅盾；編劇：蔡叔聲【夏衍】；導演：程步高；
攝影：王士珍。

21. 《姊妹花》（故事片，黑白，有聲），明星影片公司 1933 年出品。VCD（雙
碟），時長 81 分 9 秒。編劇、導演：鄭正秋；攝影：董克毅。

22. 《二對一》（故事片，黑白，有聲），明星影片公司 1933 年出品。視頻（現
場），時長 79 分鐘 4 秒。編劇：王幹白；導演：張石川、沈西苓；攝影：
董克毅。

23. 《天明》（故事片，黑白，無聲），聯華影業公司 1933 年出品。VCD（雙
碟），時長 97 分 22 秒。編劇、導演：孫瑜；攝影：周克。

24. 《母性之光》（故事片，黑白，無聲），聯華影業公司 1933 年出品。VCD（雙碟），時長 93 分鐘。原作：田漢；編劇、導演：卜萬蒼；攝影：黃紹芬。

25. 《小玩意》（故事片，黑白，無聲），聯華影業公司 1933 年出品。VCD（雙碟），時長 103 分鐘。編劇、導演：孫瑜；攝影：周克。

26. 《惡鄰》（故事片，黑白，無聲），月明影片公司 1933 年出品。VCD（單碟），時長 41 分 15 秒。編劇、說明：李法西；攝影：任彭壽。

27. 《女兒經》（故事片，黑白，有聲），明星影片公司 1934 年出品。VCD（三碟），時長 157 分 54 秒。編劇：編劇委員會；導演：李萍倩、程步高、姚蘇鳳、吳村、陳鏗然、沈西苓、徐欣夫、鄭正秋、張石川；攝影：董克毅、王士珍、嚴秉衡、周詩穆、陳晨。

28. 《歸來》（故事片，黑白，無聲），聯華影業公司第三廠 1934 年出品。原片拷貝（10 本）修復公映版，時長約 93 分鐘。編導：朱石麟；攝影：莊國鈞；布景：吳永剛。

29. 《漁光曲》（故事片，黑白，配音，殘片），聯華影業公司 1934 年出品。VCD（單碟），時長 56 分 6 秒。編劇、導演：蔡楚生；攝影：周克。

30. 《體育皇后》（故事片，黑白，無聲），聯華影業公司 1934 年出品。VCD（雙碟），時長 86 分 24 秒。編劇、導演：孫瑜；攝影：裘逸葦。

31. 《神女》（故事片，黑白，無聲），聯華影業公司 1934 年出品。VCD（雙碟），時長 73 分 28 秒。編劇、導演：孫瑜；攝影：張偉濤。

32. 《大路》（故事片，黑白，配音），聯華影業公司 1934 年出品。VCD（雙碟），時長 104 分鐘。編劇、導演：孫瑜；攝影：裘逸葦。

33. 《新女性》（故事片，黑白，配音），聯華影業公司 1934 年出品。VCD（雙碟），時長 105 分鐘。編劇、導演：蔡楚生；攝影：周達明。

34. 《桃李劫》（故事片，黑白，有聲），電通影片公司 1934 年出品。VCD（雙碟），時長 102 分 46 秒。編劇：袁牧之；導演：應雲衛；攝影：吳蔚雲、李熊湘。

35. 《風雲兒女》（故事片，黑白，有聲），電通影片公司 1935 年出品。VCD（雙碟），時長 89 分 10 秒。原作：田漢；分場劇本：夏衍；導演：許幸之；攝影：吳印咸。

36. 《都市風光》（故事片，黑白，有聲），電通影片公司 1935 年出品。VCD（雙碟），時長 92 分 29 秒。編劇、導演：袁牧之；攝影：吳印咸。

37. 《船家女》（故事片，黑白，有聲），明星影業公司 1935 年出品。VCD（雙碟），時長 101 分 15 秒。編劇、導演：沈西苓；攝影：嚴秉衡、周詩穆。

38. 《國風》（故事片，黑白，無聲），聯華影業公司 1935 年出品。DVD（單碟），時長 94 分鐘。編劇：羅明祐；聯合導演：羅明祐、朱石麟；攝影：洪偉烈。

39. 《天倫》（故事片，黑白，配音，刪節版），聯華影業公司 1935 出品。VCD（單碟），時長 45 分 18 秒。編劇：鍾石根；導演：羅明祐；副導演：費穆；攝影：黃紹芬。

40. 《新舊上海》（故事片，黑白，有聲），明星影片公司 1936 年出品。VCD（雙碟），時長 101 分 52 秒。編劇：洪深；導演：程步高；攝影：董克毅。

41. 《浪淘沙》（故事片，黑白，有聲），聯華影業公司 1936 年出品。VCD（單碟），時長 68 分 32 秒。編劇、導演：吳永剛；攝影：洪偉烈。

42. 《迷途的羔羊》（故事片，黑白，配音，刪節版），聯華影業公司 1936 年出品。視頻，時長 63 分 30 秒。編劇、導演：蔡楚生；攝影：周達明。

43. 《狼山喋血記》（故事片，黑白，有聲），聯華影業公司 1936 年出品。VCD（雙碟），時長 69 分 47 秒。原著：沈浮、費穆；編劇、導演：費穆；攝影：周達明。

44. 《孤城烈女》（原名《泣殘紅》，故事片，黑白，有聲），聯華影業公司 1936 年出品。VCD（雙碟），時長 88 分 26 秒。編劇：朱石麟；導演：王次龍；攝影：陳晨。

45. 《慈母曲》（故事片，黑白，有聲），聯華影業公司 1935 年出品。VCD（雙碟），時長 112 分 48 秒。導編：朱石麟；導演：羅明祐；攝影：張克瀾、石世磐、黃紹芬。

46. 《壯志凌雲》（故事片，黑白，有聲），新華影業公司 1936 年出品。VCD（雙碟），時長 93 分 41 秒。編劇、導演：吳永剛；攝影：余省三、薛伯青。

47. 《人海遺珠》（故事片，黑白，有聲），聯華影業公司 1937 年出品。視頻，時長 126 分 28 秒。編劇、導演：朱石麟；攝影：周達明。

48. 《壓歲錢》（故事片，黑白，有聲），明星影片公司 1937 年出品。VCD（雙碟），時長 91 分鐘 9 秒。編劇：洪深【夏衍】；導演：張石川；攝影：董克毅。

49. 《十字街頭》（故事片，黑白，有聲），明星影片公司 1937 年出品。VCD（雙碟），時長：103 分 48 秒。編導：沈西苓；攝影：周詩穆、王玉如。

50. 《馬路天使》（故事片，黑白，有聲），明星影片公司 1937 年出品。VCD（雙碟），時長 89 分 58 秒。編劇、導演：袁牧之；攝影：吳印咸。

51. 《聯華交響曲》（短片集，黑白，有聲），聯華影業公司 1937 年出品。VCD（雙碟），時長 102 分 45 秒。編劇、導演：司徒慧敏、蔡楚生、費穆、譚友六、沈浮、賀孟斧、朱石麟、孫瑜。攝影：黃紹芬、周達明、沈勇石、陳晨。

52. 《如此繁華》（故事片，黑白，有聲），聯華影業公司 1937 年出品。VCD（雙碟），時長 103 分鐘 27 秒。編劇、導演：歐陽予倩；攝影：黃紹芬。

53.《前臺與後臺》(短故事片,黑白,有聲),聯華影業公司 1937 年出品。VCD(單碟),時長 37 分鐘 07 秒。編劇:費穆;導演:周翼華;攝影:黃紹芬。

54.《好女兒》(《新舊時代》,故事片,黑白,有聲),華安影業公司 1937 年出品,視頻,時長 89 分 43 秒。編劇、導演:朱石麟;攝影:陳晨。

55.《王老五》(故事片,黑白,有聲),聯華影業公司 1937 年出品;視頻,時長 110 分 36 秒。編劇、導演:蔡楚生;攝影:周達明。

56.《夜半歌聲》(故事片,黑白,有聲),新華影業公司 1937 年出品。VCD(雙碟),時長 118 分 8 秒。編劇、導演:馬徐維邦;攝影:余省三、薛伯青。

57.《青年進行曲》(故事片,黑白,有聲),新華影業公司 1937 年出品。VCD(雙碟),時長 105 分 45 秒。編劇:田漢;導演:史東山;攝影:薛伯青。

58.《春到人間》(故事片,黑白,有聲),(「聯華」)華安影業股份有限公司 1937 年出品。DVD(單碟),時長 90 分 27 秒。編劇、導演:孫瑜;攝影:黃紹芬。

59.《藝海風光》(短故事片合集,黑白,有聲),華安影業股份有限公司 1937 年出品,視頻,時長 102 分 59 秒。(《電影城》,編導:朱石麟;攝影:沈勇石。《話劇團》,編導:賀孟斧;攝影:陳晨。《歌舞班》,編劇:蔡楚生;導演:司徒敏慧;攝影:黃紹芬)。

60.《游擊進行曲》(故事片,黑白,有聲,國語),香港啟明影業公司 1938 年出品,1941 年 6 月刪剪修改並更名為《正氣歌》後公映。VCD(雙碟),時長 80 分 3 秒。編劇:蔡楚生、司徒慧敏;導演:司徒慧敏;攝影:白英才。

61.《萬眾一心》(故事片,黑白,有聲,國語),香港新世紀影片公司 1939 年出品。VCD(雙碟),時長 79 分 58 秒。導演:任彭年;助理編導:顧文宗;攝影:阮曾三。

62.《孤島天堂》(故事片,黑白,有聲,國語),香港大地影業公司 1939 年出品,VCD(雙碟),時長 92 分 51 秒。原作:趙英才;編導:蔡楚生;攝影:吳蔚雲。

63.《東亞之光》(故事片,黑白,有聲),中國電影製片廠(重慶)1940 年出品。錄像帶,時長 75 分 15 秒(原片拷貝時長大約 100 分鐘)。故事:劉犁;編導:何非光;攝影:羅及之。

64.《塞上風雲》(故事片,黑白,有聲),中國電影製片廠(重慶)1940 年出品(1942 年上映)。視頻,時長 90 分 21 秒。編劇:陽翰笙;導演:應雲衛;攝影:王士珍。

65. 《日本間諜》（故事片，黑白，有聲），中國電影製片廠（重慶）1943 年出品。視頻，時長 90 分鐘 33 秒。原著：范斯伯；改編：陽翰笙；導演：袁叢美；攝影：吳蔚雲。

66. 《鶯飛人間》（故事片，黑白，有聲），中央電影攝影廠第二廠 1946 年出品。網絡視頻，時長 98 分 3 秒。編劇：秦復基；導演：方沛霖；攝影：董克毅。

67. 《長相思》（故事片，黑白，有聲），大中華影業公司（香港）1946 年出品。VCD（雙碟），時長 79 分 38 秒。編劇：范煙橋；導演：何兆璋；攝影：羅從周。

68. 《各有千秋》（故事片，黑白，有聲），大中華影業公司（香港）1946 年出品。網絡視頻，時長 87 分 24 秒。編劇、導演：朱石麟；攝影：阮曾三。

69. 《還鄉日記》（故事片，黑白，有聲），中央電影攝影場第一廠 1947 年出品。VCD（雙碟），時長 112 分 17 秒。編劇、導演：袁俊【張駿祥】；攝影：吳蔚雲、王玉如、苗振華。

70. 《乘龍快婿》（故事片，黑白，有聲），中央電影企業股份有限公司第二製片廠 1947 年出品。網絡視頻，時長 81 分 4 秒。編劇、導演：袁俊【張駿祥】；攝影：石鳳岐。

71. 《八千里路雲和月》（故事片，黑白，有聲），崑崙影業公司 1947 年出品。VCD（雙碟），時長 122 分 41 秒。編劇、導演：史東山；攝影：韓仲良。

72. 《一江春水向東流》（故事片，黑白，有聲），崑崙影業公司 1947 年出品。DVD（雙碟），時長 191 分 5 秒。編劇、導演：蔡楚生、鄭君里；攝影：朱今明。

73. 《不了情》（故事片，黑白，有聲），文華影業公司 1947 年出品。VCD（雙碟），時長 102 分 45 秒。編劇：張愛玲；導演：桑弧；攝影：許琦、葛偉卿。

74. 《母與子》（故事片，黑白，有聲），文華影業公司 1947 年出品。VCD（雙碟），時長 101 分 55 秒。編劇、導演：李萍倩；攝影：費俊庠、方書高、葛偉卿。

75. 《太太萬歲》（故事片，黑白，有聲），文華影業公司 1947 年出品。VCD（雙碟），時長 107 分 7 秒。編劇：張愛玲；導演：桑弧；攝影：許琦、葛偉卿。

76. 《莫負青春》（故事片，黑白，有聲），大中華影業公司（香港）1947 年出品。網絡視頻，時長 82 分 30 秒。編劇、導演：吳祖光；攝影：王劍寒。

77. 《花外流鶯》（故事片，黑白，有聲），鳳凰影片公司（香港）1947 年出品。網絡視頻，時長 95 分 23 秒。編劇：洪謨；導演：方沛霖；攝影：曹進雲。

78. 《新聞怨》（故事片，黑白，有聲），崑崙影業公司 1948 年出品。網絡視頻，時長 98 分 36 秒。編劇、導演：史東山；攝影：韓仲良、胡振華。

79. 《小城之春》（故事片，黑白，有聲），文華影業公司 1948 年出品。VCD（雙碟），時長 93 分 15 秒。編劇：李天濟；導演：費穆；攝影：李生偉。

80. 《大團圓》（故事片，黑白，有聲），清華影片公司 1948 年出品。網絡視頻，時長 87 分 50 秒。編劇：黃宗江；導演：丁力；攝影：馮四知。

81. 《群魔》（故事片，黑白，有聲），清華影片公司 1948 年出品。網絡視頻時長 80 分 45 秒。原著：陳白塵；導演：徐昌霖；攝影：楊霽明。

82. 《姊妹劫》（故事片，黑白，有聲），大同電影企業公司 1948 年出品。網絡視頻，時長 90 分 42 秒。編劇：歐陽予倩；導演：洪深、鄭小秋；攝影：王玉如。

83. 《歌女之歌》（故事片，黑白，有聲），啟東影片公司（香港）1948 年出品。網絡視頻，時長 91 分 5 秒。編劇：吳鐵翼；導演：方沛霖；攝影：曹進雲。

84. 《母親》（故事片，黑白，有聲），文華影業公司 1949 年出品。網絡視頻，時長 99 分 9 秒。編劇、導演：石揮；攝影：葛偉卿。

85. 《哀樂中年》（故事片，黑白，有聲），文華影業公司 1949 年出品。網絡視頻，時長 95 分 31 秒。編劇、導演：桑弧；攝影指導：黃紹芬。

86. 《香港電影之父——黎民偉》，DVD，監製：蔡繼光、羅卡；資料、編劇：羅卡、吳月華；導演：蔡繼光。香港藝術發展局資助，（香港）龍光影業有限公司 2001 年出品。

87. 《老電影、老上海》，DVD，編導：朱晴、彭培軍、劉麗婷。監製：褚嘉驊、應啟明。上海電視臺紀實頻道製作，中國唱片上海公司 2005 年出版發行。

文字資料

1. 《中國影戲大觀》，徐恥痕編纂，上海合作出版社民國十六年（1927 年）版。

2. 《現代中國電影史略》，鄭君里著，上海良友圖書印刷公司 1936 年版。

3. 《中國電影發展史》第一卷、第二卷，程季華主編，北京：中國電影出版社 1963 年版。

4. 《中國銀壇外史》，關文清著，香港廣角鏡出版社 1976 年版。

5. 《孤島見聞——抗戰時期的上海》，陶菊隱著，上海人民出版社 1979 年版。

6. 《我的探索和追求》，吳永剛著，北京：中國電影出版社 1986 年版。

7. 《銀海泛舟——回憶我的一生》，孫瑜著，上海文藝出版社 1987 年版。

8. 《中國左翼電影運動》，陳播主編，北京，中國電影出版社 1993 年版。

9. 《三十年代中國電影評論文選》，陳播主編，北京：中國電影出版社 1993 年版。

10. 《劍橋中華民國史：1912～1949 年》（下），【美】費正清、費維愷編，劉敬坤、葉宗揚、曾景忠、李寶鴻、周祖義、丁於廉譯，謝亮生校，北京：中國社會科學出版社 1994 年版。

11. 《中國現代文學三十年（修訂本）》，錢理群、溫儒敏、吳福輝著，北京大學出版社 1998 年版。

12. 《中國當代文學史教程》，陳思和主編，上海：復旦大學出版社 1999 年版。

13. 《看上去很美》，王朔著，北京：華藝出版社 1999 年版。

14. 《何非光圖文資料彙編》，黃仁編，臺北：國家電影資料館 2000 年版。

15. 《我的攝影機不撒謊：六十年代中國電影導演檔案》，程青松、黃鷗著，北京：中國友誼出版公司 2002 年版。

16. 《花間一壺酒》，李零著，北京：同心出版社 2005 年版。

17. 《中國電影文化史》，李道新著，北京大學出版社 2005 年版。

18. 《早期香港電影史 1897～1945》，周承人、李以莊著，上海人民出版社 2009 年版。

19. 《中國早期電影史：1896～1937》，胡霽榮著，上海人民出版社 2010 年版。

20. 范伯群：《「電戲」的最初輸入與中國早期影壇——為中國電影百年紀念而作》，《江蘇大學學報（社會科學版）》2005 年第 5 期。

2014 年初版《後記》：霧裏看花，上樓臺

　　最近五、六年來，我陸續將手頭討論早期中國電影的積存講稿，按年代順序修改後，以學術論文的格式發表。這些文章大致有 50 篇左右，基本上都收入了先後出版的《黑白膠片的文化時態——1922～1936 年中國早期電影現存文本讀解》（上海三聯書店 2009 年 10 月第 1 版），以及《黑夜到來之前的中國電影——1937 年現存國產影片文本讀解》（中國廣播電視出版社 2012 年 1 月第 1 版）兩本書中（見下圖）。

　　按照順序，我隨後的出版計劃，依次是暫名為「1927～1937 年新公開的
現存中國電影文本讀解」、「1938～1945 年現存國產電影文本讀解」、「1946～
1949 年現存國產電影文本讀解」，以及「1949 年後對中國大陸產生重大影響
的外國電影個案讀解」等幾本書稿。

　　這些「老」電影看上去既稀罕又好玩兒，既有歷史意義和時代特色，又
有文化價值和讀解情趣。更重要的是，它們與我的學術興趣和研究思路多有
交集，當然，也與我日漸老去的年紀與心態吻合。況且，課上給學生放映的
時候，還常常收穫意想不到的熱情反響。實際上，我完成的中外影片讀解文
稿，總數超過 200 篇。但現今的學術雜誌和出版社很少願意像我這麼喜歡這
些玩意兒。樂觀地說，即使按我這些年每年都能發表 10 篇的頻率，也得用去
20 年的時間。因此，我每週除了講課謀生，基本上都是呆在教研室，對著電
腦敲敲打打。自娛自樂之餘，又一籌莫展。

　　年復一年，日月如梭，眼見得窗外晝夜交替、春來秋去。草坪中貓狗東
遊西逛，忙不迭四條獸腿；果樹上烏鵲上躥下跳，閒不住一張鳥嘴。回首室
內，晨昏輪轉，靜寂無言。案頭凌亂，層層疊疊，盡是些老舊書刊；心底悲
壯，挨挨擠擠，無非是剩水殘山。

無數黑白畫面翻檢，踢踏踏、生將鐵鍵盤敲散；滿腔熱烈語言召喚，呼喇喇、竟把冷板凳坐爛。苦茶半盞，滴滴點點、只堪滋潤心田；香煙一節，絲絲縷縷、豈敢迷亂眉眼。說甚麼韶華可憐，端的是人生苦短。思緒與孤鶩齊飛，華髮共白雲盡染。

嗚呼，嗟時光之易逝，偷歲月於無聲；歎壯年之易老，毀修身於無形。

我夢想的時代從未到來，而我的青春已然不再。

五、六年前，一個碩士生畢業後，分配到我所在的學院辦公室服役，鎮日裏也是早來晚走，任勞任怨。有一天他告訴我，上學時曾引領女友旁聽過我的課。我雖然全然不曾記得此事，但我相信學生們大都知道，我對電影的講授還算敬業；只是很少有人知道，我經年累月耗在教研室，無非是因為積稿盈筐、投寄無門。忽一日，這個學生問我是否願意以我手頭有關 2000 年後的中國電影講義，加入其導師計劃出版的「中國影視文化軟實力研究」叢書。這樣求之不得的好事，我自然不能反駁。於是把課餘時間一半用來修改有關民國電影的文稿，一邊用心於這本書的文稿修改。

我查了一下每篇初稿的修改日期，發現最早的修改工作是從 2010 年 5 月開始的，最初著手的是《鬼子來了》的二稿增補，但其後的一年時光即被修訂《黑夜到來之前的中國電影——1937 年現存國產影片文本讀解》一書佔用。真正轉入這本「黑旗袍」的修改，是 2012 年 2 月初開始的《十七歲的單車》。原先我打算以每年兩部影片的模式，總共編排 24 篇。但考慮到每一部影片的討論幾乎都有 15000 多字，加上插圖，實在難以符合全書篇幅 20 萬字的限制要求。加上「新世紀」的時間，似乎更應該從 2001 年算起，只好消減一半的規模，改好的那兩篇也就再次退回電腦冷藏了。

　　所以，這本書真正的編輯時間是從2012年7月初開始的，那正是學校裏的暑假時節，北京城外，熱火朝天。原以為修改進程會以每篇（章）一星期的速度進行，至多也就是十天半月即可增刪完成，孰料最終整整耗費七個月之久。在此期間，我還要完成本科生、碩士生的四門中外電影史的功課，更不用說，我還擔負著研究生的日常教學指導。加上配圖和講解文字，實際上的編輯成書過程直接進入了2013年初夏。

　　實際上，對本書十二章文稿的修改，也是我全身心地跨越十二級臺階的過程。因為，每一次我都想超越自己當初的高度。

　　我不願意重複自己，更不會在學術上敷衍了事，因此，這種提升顯得尤為艱難，其實是一種自我折磨歷程。譬如原先的目錄中並沒有2011年的片目，而那一年的片子我只選中了《鋼的琴》。為此我特地請一位朋友來吃飯，單獨為其講演一次。限於時間場合，只留下不到6000字的初稿。結果修改時我自己就不滿意，除了十幾個字、兩三句話，二稿完全是推倒重來，用了將近一個月。

　　回首全書的修改，我可以負責任地說，我完成並達到了超越自己的目的。雖然我最初的研究的起點，可能不見得比別人高明多少。我要做的，是盡力避免那種「左派的宏大敘事，篇幅堂皇」〔註1〕，盡心在細節上拼接完整的證據鏈條，用文本和事實支撐理論主張。

　　眾所周知，中國的任何問題都不是小問題，而談論大問題，又從來都不缺乏高端人才和鴻篇大論。我在「黑白膠片的文化時態」和「黑夜到來之前的中國電影」兩書中，除了以往的左翼電影概念外，還提出了舊市民電影、新市民電影和新民族主義電影即國粹電影的類型／形態劃分，並從細微處入手，將其運用於1949年前的中國電影歷史研究中。

〔註1〕韓水法.銅鑼灣小住記〔J〕.北京：讀書，2013（2）：128.

如今，我又將這四種形態轉移、初步應用於 1990 年代以後的中國電影歷史和理論研究中。知我罪我，孰是孰非，盡可以爭論。若能證明我的錯誤，則中國電影研究幸甚，高校專業教學幸甚。

上週我特意問了一下責任編輯，才知道這本書人家連頭到尾等待催促了我三年而不是兩年。雖說平時在校園裏，但與出版社社長和總編輯相遇，交談中亦屢次蒙受提醒，但我還是對此感到震驚，繼而不禁感歎。雙方對時間記憶的差距，證明的不是我的刻苦執著和完美追求，而是我一根筋的人生態度。

事實上，為了這本書的出版，我做出了重大犧牲：2012 年年初，我忍痛放棄了年底赴哈佛大學做訪問學者一年的機會，而那是我這一生求學經歷中最為看重的、也許是最後的一次機會。因為我第一次出國是 1999 年，那年我36 歲，到美國弗吉尼亞州 Tidewater Community College（TCC）講授了 3 個月的中國文學與電影。因此，我唯一愧對的是國家留學基金委的梅冰女士，不知何時我能夠以海外研習的成果報答她熱心助學的美德。

我所在的學院寄身於一幢 1952 年建造的俄蘇風格的三層老樓，我的教研室雖然高居頂端，但除了樓下有百十步見方的草坪，可以讓我見識些有身份標識的柿子樹和游離於體制外的貓狗鳥雀，其他可以容納目光的範圍著實有限。窗外東西兩側的圖書館和教學樓，富麗堂皇、霸氣外露，理所當然地抵擋了日月東升西落的自然景觀。我視野中唯一通暢的，就是面向南方的一條林蔭大道——它通往家屬區，一天兩次地被接送小學生的機動車填塞擁堵。

　　還有十幾年我就退休了，這是我以後人生景象的明確指示還是寓意豐富的隱晦暗示？抑或說，這就是我一生的教學和寫作的天然格局嗎？那麼，我的一切論說，如何能夠避免霧裏看花的結果？雖然，我奮力登上臺階，年復一年。新學期開學在即，我正忙於為本書增添插圖時，推薦我出書的學生已榮升學校科研管理崗位。儘管從此我倆不能再在一處做工，但性質未變，區別只是一個「坐」有形的班，一個坐無形地「牢」。

　　前幾天，我做了一個夢，夢見錢理群老師新出了一本書，封面上有幾個醒目的大字：刪節本，此外，還印著「內容簡介」。我一行行地讀下去，文字如潮水般湧出，如同閱讀多媒體文本一樣。夢醒之後我百思不得其解，昨天特意打電話詢問錢老師，他聽完後笑道：也許這是個情結。因為我的這本名中，就有「節選本」的字眼。

2012/11/25

　　而這本書之所以和前兩本書一樣，我依然堅持在電影研究中採取個案讀解的方式，還是因為受到錢谷融先生一貫的治學主張影響，即在事實的基礎上，「不可無我」〔註2〕。先生教導我者多矣，唯大道終身不易；恩師提攜我者久矣，惟大德此生難忘。

─────────────

〔註2〕錢谷融.不可無「我」//錢谷融文論選〔M〕.上海文藝出版社，2009：89.

錢谷融先生（1919～　）與錢理群老師的導師王瑤先生（1914～1989）不僅是聲氣相通的同輩學者，還有更深一層淵源。今天錢先生告訴我，雖然他們於 1940 年代分別畢業於中央大學〔註3〕和清華大學，但他們兩人的恩師伍叔儻先生（1897～1966）和朱自清先生（1898～1948），是「五·四時期」北大的同班同學。眾所周知，王瑤先生和錢理群老師的後半生一直為北大服務，錢谷融先生則始終執教於華東師範大學，現今依然是終身教授。

1980 年代初，我 20 歲大學畢業後 1 年，即以在職進修教師的身份進入內蒙古師範大學，同時在外語系和中文系接受了 6 年完整的後大學教育，潘桃霞教授、可永雪教授、余家驥教授的治學態度和品德風範，對我影響甚巨。30 歲之前，承蒙中文系屈正平教授、田怡教授的一再推薦，我得以遠赴上海，侍立華東師大錢谷融先生門下，聆聽教誨 3 年。30 歲定居京郊後，又先後跟隨北京大學的錢理群教授、陳平原教授求學 4 年。40 歲後，再用 4 年時間，問學於北京電影學院陳山教授、張會軍教授、侯克明教授。

對一個學者來說，能夠追隨上述任何一位導師學習，都是能夠受益無窮的大事。如此說來，我是當代千百萬讀書人當中最幸運的一個，而且不知幸運幾倍於他人。因此，我的任何成就，都是老師們言傳身教的結果，而我所有的、沒有改正的錯誤，完全是我的愚鈍本性所致。

本書能夠順利完成並結集出版，首先有賴於 2010 級碩士研究生鍾端梧同學自始至終地陪伴協助；其次，從講稿謄錄到資料核實，我名下的其他研究生如李艷、劉慧姣、李梟雄等同學的友情付出始終沒有間斷。自從 2012 年 3 月 31 號，我驅逐了那個道德敗壞、誹謗師長的投機分子之後，我對我現今指

導的在讀研究生們更為滿意。他們純淨的品質和端正的學習態度，與我苦力幹活的人生姿態形成良好對接。其中一個有力的證據是，5 月間，同學們根據我的研究成果申請的一項國家社科基金(《左翼電影與左翼文學》，12BZW092)就得以成功立項。

　　相對來說，不是我指導的學生反倒跟我關係更親密，平時的討論更無拘無束，李風逸同學就是其中之一。他的專業是電影學創作方向。這次我約他寫《序》，他的意見很好，寫得也好，就是不嚴厲、太客氣、挑剔少、表揚多，缺乏以前和我爭論時的霸氣。我要的是直言不諱的批評，甚至「喧賓奪主」我也無所謂。這是因為，任何理論和論述都可以被人批判，更何況它有益於中國電影的研究；同時，我對我的論述和體系有足夠的自信。雖然我也相信，我追求完美的精神和態度，並不等於無懈可擊的完美本身。

　　我感激那些多年來站在我身後的朋友和家人，他們對我的支持和理解，既不能夠用語言表達，也不會讓我忘記須臾。實際上，這是一種愛，無私並且永恆。

袁慶豐　記於北京東郊梆子井觀天閣

2013 年 2 月 14 日～22 日，初稿

2013 年 5 月 16 日～20 日，二稿

2013 年 6 月 1 日～4 日，校訂

海外版跋：數十年往事鎔鑄心頭

　　三四年前，我就著手編輯這本海外版。當初的設想宏大壯觀，「憂憤深廣」。書名是《黑旗袍：1949～2019年中國電影的文化與市場文本實證》，分上、下兩編，討論至少五、六十部有代表性的影片，而且都是從既有的講稿當中挑選，至少四五十萬字的篇幅。

　　「導論」總標題是「中國電影歷史流變脈絡」，「分論」至少得四篇；依次應該是《從左翼電影、國防電影、抗戰電影到「紅色經典電影」》、《舊市民電影為什麼沒能闖過1949年關口？》、《新市民電影為什麼在中國大陸消失三十年之久？》《國粹電影何以被紅色電影和主旋律電影改變基因組合？》。

　　《上編》的個案讀解從1949年到1979年，包括《中華女兒》（1949）、《武訓傳》（1950）、《白毛女》（1950）、《劉胡蘭》（1950）、《趙一曼》（1950）、《關連長》（1951）、《雞毛信》（1954）、《平原游擊隊》（1955）、《鐵道游擊隊》（1956）、《羊城暗哨》（1957）、《永不消逝的電波》（1958）、《戰火中的青春》（1959）、《紅色娘子軍》（1960）、《地雷戰》（1962）、《小兵張嘎》（1963）、《野火春風鬥古城》（1963）、《地道戰》（1965）、《節振國》（1965）、《苦菜花》（1965）、《紅燈記》（京劇，1970）、《沙家浜》（京劇，1971）、《奇襲白虎團》（京劇，1972）、《白毛女》（舞劇，1972）、《閃閃的紅星》（1974）、《南征北戰》（重拍片，1974）、《平原作戰》（京劇，1974）、《平原游擊隊》（彩色版重拍，1974）、《決裂》（1975）、《歸心似箭》（1979）。

　　《下編》從1980年開始，包括《黃土地》（1984）、《紅高粱》（1987）、《瘋狂的代價》（1987）、《一半是火焰，一半是海水》（1988）、《神秘的夫妻》（1991）、《活著》（1994）、《陽光燦爛的日子》（1994），以及2000年的《鬼子來了》、

《站臺》，2001 年的《安陽嬰兒》、《十七歲的單車》，2002 年的《臺北晚 9 朝
5》、《任逍遙》，2003 年的《盲井》，2004 年的《日日夜夜》、《天下無賊》，2005
年的《孔雀》、《世界》，2006 年的《江城夏日》、《看上去很美》，2007 年的《太
陽照常升起》，2008 年的《立春》，2009 年的《三槍拍案驚奇》，2010 年的《讓
子彈飛》、《光棍》，2011 年的《鋼的琴》，2012 年的《桃姐》、《美姐》，2013
年的《私人訂製》，2014 年的《藍色骨頭》、《歸來》，2015 年的《刺客聶隱娘》，
2016 年的《百鳥朝鳳》，2017 年的《芳華》等。

　　但是，2017 年前後，我辦公室所在的樓房整體翻修，我一年多流離失所，
沒有個正經地方改稿，連備課都受影響。2018 年，我首次嘗試以慕課的方式主
講《中國電影藝術簡史》，緊接著 2019 年為之撰寫了兩輪講稿，第一次將七十
年來的中國大陸電影完全貫通。所以這三年裏始終不能靜下心來一嘗夙願。

　　還有一個重要原因，十幾年來我已經發現，無論我怎樣努力，修改一篇
論文的平均時間至少是一個月左右（因為我笨，動作遲緩），而且還要將主要
內容，先行以學術論文的格式公開發表之後才能輯成新書（因為我追求完美）。
二十年來都是如此。同時，除了每週本科生的通識課和碩士生的選修課，還

要兼顧《黑棉褲：抗戰全面爆發前的國粹電影──1934～1937 年現存文本讀解》和《黑草鞋：1937～1945 年現存抗戰電影文本讀解》兩書的論文修改、增補和結集，實在是力不能及。因此，只好以現在的不到四分之一的規模、以舊作新版的模樣面對讀者。

　　好在幾年前，花木蘭文化事業有限公司副總編輯楊嘉樂博士曾經鼓勵過我，希望我在八十歲前都能持續寫作，貢獻力量。所以我想我可以繼續為花木蘭效力還有二十多年，還有至少每年一次的寶貴機會繼續報答總編輯杜潔祥老師、社長高小娟女士，以及兩種「叢書」主編李怡教授的栽培提攜之恩情。因此，有待來年，我繼續努力，在繼續為「民國文化與文學研究」效力的同時，爭取以「紅旗袍」開始的「紅」系列，為「人民共和國文化與文學」叢書爭光添彩。

　　今年一月爆發的武漢疫情，現今已席捲全球。即便如此，開春後也沒擋住北京的漫天狂風。勞作之際，我寫了個對子，附呈在後，聊表寸心：

　　　　八九級狂風盤旋窗外，呼啦啦寒氣撲面。

　　　　憶往昔，掠蒙古高原下河套平原過毛烏素沙漠繞土默川返大青山麓，渾身是膽，二杆子失落綏遠妹麗仰天長歎。

　　　　數十年往事鎔鑄心頭，靜悄悄熱淚盈眶。

　　　　豈能忘，蹚五里沙河過大小黑河跨黃河秦淮河覽黃浦江歸通惠河畔，滿懷真誠，一根筋跟隨海內聖賢向死而生。

　　　　「吹呀吹讓這風吹，吹乾眼裏閃閃的淚水……」〔註1〕

　　是為跋。

袁慶豐　2020 年 4 月 2 日～21 日
寫於北京東郊定福莊養心廊二分廊

〔註 1〕語出《風的季節》（Windy Season），譜曲：李雅桑；填詞：湯正川；歌曲原唱：徐小鳳；歌曲時長：04：10；發行時間：1981 年 7 月 14 日，所屬公司：索尼音樂（Sony Music）。

十三部影片信息集合

《安陽嬰兒》（故事片，彩色），2001 年出品；DVD 時長：81 分鐘。根據導演 2000 年發表在中國大陸的同名小說改編；本片未能在中國大陸公映。

>>> **編劇、導演**：王超；**攝影**：張曦；**錄音**：王彧；**美術**：李剛；**剪輯**：
　　王超、王綱；**副導演**：鞏固；

>>> **主演**：祝捷、孫桂林、岳森誼。

《臺北晚 9 朝 5》（故事片，彩色），臺灣金川映畫 2002 年出品。DVD，時長 97 分鐘；本片未在中國大陸公映。

>>> **故事**：蘇照斌；**編劇**：成英姝；**導演**：戴立忍；**攝影指導**：潘恒生
　　（H.K.S.C）；**美術設計**：麥國強；**錄音**：杜篤之；**剪接**：酈志良（H.K.S.E）、
　　蕭汝冠；**第一副導**：洪智育；

>>> **主演**：黃立行、楊謹華、黃玉榮、張兆志、于婕、王婉霏、江沂倫、
　　向均。

《盲井》（故事片，彩色），2003 年出品。改編自劉慶邦 2000 年發表的中篇小說《神木》；DVD 時長：92 分鐘；本片未能在中國大陸公映。

>>> **編劇、導演**：李楊；**攝影指導**：劉永宏；**錄音**：王彧；**美術指導**：
　　楊軍；**剪接**：李楊、卡爾‧李德；**副導演**：鮑振江、阿龍；

>>> **主演**：李易祥、王雙寶、王寶強。

《日日夜夜》（故事片，彩色），2004 年出品。DVD，時長 89 分鐘。本片未能在中國大陸公映。

>>> **編劇、導演**：王超；**攝影指導**：伊‧伊和烏拉；**錄音指導**：王學義；
　　美術指導：邱生；**剪輯**：周新霞；**副導演**：鮑振江、烏蘭；

>>> **主演**：劉磊、孫桂林、王瀾、肖明、王錚。

《孔雀》（故事片，彩色），2005 年出品。DVD，時長 141 分鐘 43 秒。

>>> **編劇**：李檣；**導演**：顧長衛；**攝影**：楊樹；**錄音**：武拉拉；**美術**：黃新明、蔡衛東；**剪輯**：劉沙、閻濤；**執行導演**：劉國楠；**副導演**：成捷；

>>> **主演**：張靜初、馮礫、呂玉來、黃梅瑩、趙毅雄。

《江城夏日》（故事片，彩色，又名《漢口夏日》、《豪華的車》），2006 年出品。DVD，時長 82 分鐘。

>>> **編劇、導演**：王超；**攝影指導**：劉勇宏；**錄音**：王然；**美術**：李文博；**剪輯**：陶文；**副導演**：雷陽、向勇、劉伯坤；

>>> **主演**：田原、吳有才、黃鶴、李怡清。

《太陽照常升起》（故事片，彩色），2007 年出品。改編自葉彌 2002 年發表的小說《天鵝絨》。本片在中國大陸公映時有所刪節。

>>> **編劇**：述平、姜文、過士行；**導演**：姜文；**攝影指導**：趙非、李屏賓、楊濤；**美術指導**：曹久平、張建群；**剪輯**：張一凡、姜文、曹偉傑、陸俠、陳建江；**第一副導演**：吳昔果；

>>> **主演**：姜文、周韻、房祖名、陳沖、孔維、黃秋生。

《立春》（故事片，彩色），2008 年出品。DVD，時長 101 分 35 秒。

>>> **編劇**：李檣；**導演**：顧長衛；**攝影**：王雷；**錄音**：王學義；**美術**：楊帆；**剪輯**：楊紅雨；

>>> **主演**：蔣雯麗、李光潔、焦剛、吳國華、董璿、張瑤。

《三槍拍案驚奇》（故事片，彩色），2009 年出品。DVD，片長 94 分鐘，根據美國科恩兄弟的電影《血迷宮》改編。

>>> **編劇**：徐正超、史建全；**導演**：張藝謀；**攝影指導**：趙小丁；**錄音**：陶經；**美術**：韓忠；**剪輯**：孟佩璁；

>>> **主演**：孫紅雷、小瀋陽、閆妮、趙本山。

《讓子彈飛》（故事片，彩色），2010 年出品。DVD，時長 132 分鐘。根據馬識途 1983 年發表的小說《夜譚十記》第三篇《盜官記》改編。

>>> **編劇**：朱蘇進、述平、姜文、郭俊立、危笑、李不空；**導演**：姜文；**攝影指導**：趙非；**錄音**：溫波；**美術指導**：黃家能、于慶華、高亦光；**剪輯**：姜文、曹偉傑；

>>> **主演**：姜文、周潤發、葛優、劉嘉玲、姜武、趙銘。

《鋼的琴》（故事片，彩色），2011 年出品。（公映版）片長：107 分鐘。

>>> **編劇、導演**：張猛；**攝影**：周書豪；**錄音**：李尚郁；**美術**：王碩、張毅；**剪輯**：盧允、高博；

>>> **主演**：王千源、秦海璐、張申英、王早來、羅二羊。

《桃姐》（故事片，彩色），2001 年出品。DVD 時長：118 分鐘。

>>> **編劇**：陳淑賢、李恩霖；**導演**：許鞍華；**攝影指導**：余力為；**錄音師**：湯湘竹；**美術指導**：潘燚森；**剪輯**：韋淑芬；

>>> **主演**：葉德嫻、劉德華、秦海璐、黃秋生、王馥荔、秦沛、宮雪花。

《私人訂製》（故事片，彩色），2013 年出品。視頻，片長 113 分鐘。

>>> **編劇**：王朔；**導演**：馮小剛；**攝影指導**：趙曉時；**錄音指導**：吳江；**美術設計**：石海鷹；**剪輯指導**：肖洋；

>>> **主演**：葛優、范偉、白百何、李小璐、宋丹丹、李成儒。

本書內容再回顧

序：老師的意見不一定全對，學生的批評還是要聽

代前言：中國電影非得用外國理論來解釋嗎？

2001 年：《安陽嬰兒》——視角流變與顛覆性表達，電影有傳承，表達無禁區

2002 年：《臺北晚 9 朝 5》——誰的青春誰做主，誰的青春誰燦爛

2003 年：《盲井》——裸露的腸腔和心裡的骨頭，民生悲歌歌一曲

2004 年：《日日夜夜》——存在與虛無，貧窮與財富，歷史與未來

2005 年：《孔雀》——故事就是歷史，過去的經驗值得一再記取

2006 年：《江城夏日》——地方等同全國，微觀即是宏觀

2007 年：《太陽照常升起》——歷史射進現實，現實波瀾不驚

2008 年：《立春》——無字碑和一首絕望的歌，誰在立碑、誰在唱？

2009 年：《三槍拍案驚奇》——新市民電影盛裝復活，老導演梅開二度

2010 年：《讓子彈飛》——新市民電影高調返場，新導演不甘人後

2011 年：《鋼的琴》——回歸真實與新左翼電影，回歸容易，激進難

2012 年：《桃姐》——何處是歸程？西望長安，一蓑風雨伴平生

2013 年：《私人訂製》——新市民電影常在常新，庸俗的人生無處不在

附錄一：2005 年：《定軍山》——雙重糾結，強行對接

附錄二：未能發表的書評：我真的不知道這書評的題目怎麼寫（叢禹皇）

附錄三：未能發表的書評：新左翼電影的歷史性（鍾端梧）

2014 年初版《後記》：霧裏看花、上樓臺，不盡長江滾滾來

海外版《跋》：數十年往事鎔鑄心頭，八九級大風撲到腳下

「黑棉襖」、「黑馬甲」、「黑皮鞋」、「黑布鞋」各書封面封底寫真

作者相關著述封面照

《黑棉襖：民國文化中的舊市民電影——1922～1931年現存中國電影文本讀解》，「民國文化與文學研究」文叢第三編，第十一冊（序 4+目 2+176 面，ISBN 978-986-322-783-0）、第十二冊（目 2+170 面，ISBN 978-986-322-784-7），臺灣花木蘭文化出版社 2014 年 9 月版封面封底照。共 350 頁，173984 字，插圖：419 幅。（圖片攝影：姜菲）

《黑馬甲：民國時代的左翼電影──1932～1937 年現存中國電影文本讀解》，「民國文化與文學研究」文叢第五編，第二十三冊（序 4+目 2+172面，ISBN 978-986-404-265-4）、第二十四冊（目 2+176 面，ISBN 978-986-404-266-1），臺灣花木蘭文化出版社 2015 年 9 月版封面封底照。全書字數（版權頁）：201796，插圖：574 幅。（圖片攝影：姜菲）

《黑皮鞋：抗戰爆發前的新市民電影──1933～1937 年現存中國電影文本讀解》，「民國文化與文學研究」文叢，六編，第八冊（序 6+目 2+220面，ISBN 978-986-404-700-0）、第九冊（目 2+292 面，ISBN978-986-404-701-7），臺灣花木蘭文化出版社 2016 年 9 月版封面封底照。全書字數（版權頁）：310553 字，插圖：959 幅。（圖片攝影：姜菲）

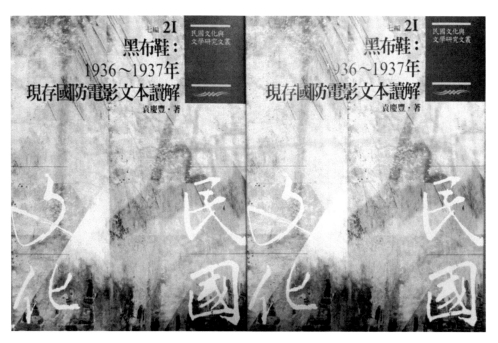

《黑布鞋：1936～1937 年現存國防電影文本讀解》，「民國文化與文學研究」文叢七編·第二十一冊（序 8+目 2+228 面，ISBN 978-986-485-062-4），臺灣花木蘭文化事業有限公司 2017 年 9 月版封面封底照。全書字數：136730 字，插圖：282 幅。（圖片攝影：姜菲）